José Luis González-Balado

LOS PAPAS

ACENTO
EDITORIAL

Primera edición: enero 1996
Segunda edición: junio 1996

Diseño de cubierta: *Alfonso Ruano/César Escolar*

Joaquín Turina, 39 - 28044 Madrid

Comercializa: CESMA, SA - Aguacate, 43 - 28044 Madrid

ISBN: 84-483-0106-4
Depósito legal: M-21337-1996
Fotocomposición: Grafilia, SL
Impreso en España/Printed in Spain
Imprenta SM - Joaquín Turina, 39 - 28044 Madrid

ÍNDICE

1
EMPEZANDO POR LA DENOMINACIÓN

A pesar de la solemnidad con que el cardenal diácono de turno pronuncia el *Habemus papam!* desde el balcón de la basílica vaticana cada —rara— vez que tiene ocasión de hacerlo, y a pesar también de que es el nombre usual y corriente bajo el que se le conoce, la de *papa* es una denominación semánticamente pobre, carente de contenido bíblico y teológico. Un nombre, todo lo más, que no aparece como aplicado en exclusiva al pontífice romano hasta Gregorio VII (1073-1085).

En origen parece ser de procedencia griega, con la significación de padre, y aplicado indistintamente a obispos y a presbíteros, tal como se hace todavía en algunas partes de oriente con *pope*.

Hay quien dice, parece ser que con menos razón, que procede de un acróstico derivado del latín: *pa*ter *pa*trum, que en tal reduplicación equivale a padre por antonomasia, ya que *pater* se convirtió, con el tiempo, en tratamiento de respeto para los ministros de la religión y fue necesario destacar que había uno que lo era más que todos.

Padre, de hecho, es como se le llama al papa en el trato directo. La corrupción del lenguaje (bien entendido que no sólo del lenguaje eclesiástico) exige no dejarlo en Padre a secas. Se le suele anteponer *santo* o *beatísimo*, séalo o no. Y como el papa tiene —convencionalmente— mucho que ver, cuando menos a nivel teórico, con ella, a veces el tratamiento se «abstractiza» nada menos que en *Su Santidad.*

Eso no quiere decir que a (todos) los papas les agrade tal encumbramiento. A alguno reciente, constitucionalmente humilde, se le antojó obsequiosidad rayana en idolatría (*papolatría*, en el caso específico).

El papa

En su libro *Memories & Hopes* (Recuerdos y expectativas) [Veritas Publications, Dublín 1992, págs. 318-319], el cardenal Leo Jozef Suenens, arzobispo emérito de Bruselas, narra que en cierta ocasión, al término de un encuentro, Pablo VI le pidió: «Rece por mí, porque mi tarea es difícil». Suenens le contestó: «No pasa un día sin que rece fielmente, no porque su tarea es difícil; porque es imposible». El cardenal belga añade: «Ya había abierto la puerta, hasta donde me había acompañado para despedirme. La cerró de nuevo y me preguntó: "¿Por qué?"». Suenens le contestó: «Santo Padre: dé una ojeada al *Anuario pontificio*. En la primera página descubrirá la lista de sus tareas».

El *Anuario pontificio* de los tiempos de Pablo VI ya no está en circulación. Cada año sale una edición actualizada de nombres y cargos. Aquí se ha manejado la de 1994. Salvo tal actualización de nombres, es improbable que pueda variar respecto a la de tiempos anteriores a Juan Pablo II.

He aquí los títulos que encabezan dicho *Anuario* en la página que inaugura la situación estructural de la Iglesia bajo el papa de origen polaco: *Juan Pablo II, Obispo de Roma, Vicario de Jesucristo, Sucesor del Príncipe de los Apóstoles, Sumo Pontífice de la Iglesia universal, Patriarca de Occidente, Primado de Italia, Arzobispo y Metropolitano de la Provincia Romana, Soberano del Estado de la Ciudad del Vaticano, Siervo de los siervos de Dios.*

Puede ser una anécdota apócrifa, pero circuló como auténtica, o cuando menos como *ben trovata*. Acababa de ser elegido Juan XXIII. El entonces director del *Osservatore Romano*, conde Giuseppe della Torre, se vio inesperadamente convocado a su despacho. Traspuesto el umbral y aproximado a la mesa donde el pontífice recién elegido estaba sentado con el diario abierto, Della Torre cayó de rodillas, respetando una costumbre que no era exclusiva. «¡Por Dios!, ¿qué hace? Levántese, haga el favor», pidió el papa. Le explicó la razón de la llamada: «Le agradecería que diese orden a sus redactores de que simplifiquen un poco el lenguaje y los tratamientos al referirse a mi persona y a las de mis colaboradores. Si no me equivoco, los evangelistas no recurrieron a tanta prosopopeya para referir nada menos que la vida y milagros de Jesús».

Desde aquel día desaparecieron del órgano vaticano expresiones tan barrocas y sembradas de mayúsculas como: «La Santidad de Nuestro Señor se ha dignado nombrar al Excelentísimo y Reverendísimo Monseñor Don *** Obispo de la Diócesis Metropolitana de ***».

Los otros títulos que se dan al papa

Dado el carácter más bien coloquial y popular de la denominación *papa*, ellos mismos la ignoran en todos los documentos de carácter público. La sustituyen por *pontífice*, calificado de *máximo* o de *sumo*, más a menudo aún de *romano*, para diferenciarlo de otros «hacedores de puentes» como son, por ejemplo, en comunión con él, los obispos [1].

Sucesor él y enlazado con el ministerio y carisma de Pedro, primer pontífice en cuanto obispo de Roma. Sucesores los obispos de los apóstoles, a cuyo frente puso Jesús de Nazaret a Simón de Galilea al rebautizarlo como Pedro (= roca), constituyéndolo fundamento de una comunidad (la Iglesia) frente a la que jamás prevalecerían las fuerzas del infierno. Y le dio las llaves del reino de los cielos, asegurándole ratificación, en ellos, de cuanto él atare o desatare sobre la tierra (cf. Mt 16,18-20).

Se usan también otros nombres, descriptivos de la función que el papa desempeña. Uno con fuerte arraigo a partir de su empleo por Santa Catalina de Siena invocando el retorno del «dulce Cristo en la tierra», como ella llamaba al papa, de Aviñón

[1] Ironizando con el hecho del espeso amurallamiento de autoprotección que desde hace siglos circunda al Vaticano, alguien ha objetado, deslizándose hacia un simbolismo aparentemente fácil, que los romanos pontífices han estado más ocupados en construir murallas que en levantar puentes. Lo evidente es que ambas funciones corresponden a la doble misión del papa de atar y desatar: defender la doctrina poniendo murallas frente al error por una parte; facilitar, no menos, el acercamiento de la doctrina a los hombres (fieles) y viceversa. Hay algo, en todo caso, que no estará de más aclarar: la identificación actual entre Vaticano y Sumo Pontificado, el primero como sede física inmediata de éste, es un hecho, si no del todo contingente, con una concreción en absoluto paralela, histórica y cronológicamente, del propio papado. Como se dirá más adelante, a lo largo de siglos la sede propia del obispo de Roma fue el palacio anejo a la basílica de San Juan de Letrán, y ésta es hoy todavía su verdadera catedral. Y en tanto, que fue durante siglos —desde más o menos el IV hasta finales del XIX—, se mantuvo el hecho de los Estados Pontificios, y el papa fue también, de hecho y derecho, un auténtico soberano temporal, toda Roma fue la capital de tales Estados y, por lo mismo, sus principales mansiones fueron residencia virtual del papa.

a Roma. Es el nombre-título de «vicario de Cristo». También «vicario de Pedro».

El lastre del pasado

«Acumulados en las costumbres papales, sobreviven todavía algunos signos del antiguo triunfalismo. Tal es el caso de cierto hieratismo, el uso de títulos nada bíblicos, como "sumo pontífice", de derivación pagana, "vicario de Cristo", "cabeza de la Iglesia", típicos de cuando el papa presumía de reepilogar en sí mismo la perfección de una Iglesia *societas perfecta* (sociedad perfecta). El sentido de la evolución, por lo que atañe a la costumbre, está suficientemente aclarado, si hasta lo que se refiere a la enfermedad o muerte de un papa se han trocado ya, al revés de lo que ocurría en épocas anteriores, en objeto de declaraciones públicas.

Por otra parte, bajo esta perspectiva es suficientemente natural que la función del papa reciba la consideración de provisional, es decir, que se la reconduzca a las medidas de la naturaleza, hasta donde logren alcanzar sus fuerzas, sin providencias taumatúrgicas que resulten exorbitantes.

La hipótesis de dimisión papal, prevista en la legislación canónica tradicional, es perfectamente coherente con este proceso. Pero sería extremadamente reductivo limitar la referencia clásica al *gran rifiuto* (gran renuncia) de Celestino V, a los tres meses de servicio petrino, en la corrompida curia de 1294, a la simple cuestión de la dimisión papal».

(G. ZIZOLA, *Quale papa?*, Borla, Roma 1977, págs. 40-41).

No parece, sin embargo, que fuera la santa italiana la que acuñó esa expresión, todavía vigente, aunque despierta recelos entre los llamados «hermanos separados». En opinión de J. N. D. Kelly, venía ya del período de Adriano IV (1154-1159), único papa de origen inglés (llamado previamente Nicholas Breakspear). En efecto, dice Nelly, «durante su reinado, el uso del título Vicario de Cristo se volvió corriente» (o. c., 175).

Por tener, el papa aún tiene otros títulos. Uno de segura raíz evangélica [2], formulado por san Agustín pero aplicado al papa, es decir, a sí mis-

[2] Jesús dijo de sí mismo: «El Hijo del hombre no ha venido a ser servido, sino a servir» (Mt 20,28). Y aconsejó a sus discípulos (¿quién, más que su «vicario»?): «El que quiera hacerse grande

mo, por Gregorio I (590-604): el de «Siervo de los siervos de Dios». Lo explica así Gelmi: «Como el patriarca de Constantinopla se atribuyese oficialmente el título de "patriarca ecuménico", Gregorio se designó "siervo de los siervos de Dios", engrandeciendo así precisamente el prestigio papal» (o. c., 38). Se comprende en parte por qué este papa lleva el sobrenombre de *Magno*, aunque mejor se comprende atendiendo al detalle de su conducta como obispo de Roma, que describe de nuevo Gelmi: «Gregorio aprovechó las grandes posesiones patrimoniales de la Iglesia de Roma, que él llamaba "la propiedad de los pobres", para aliviar la necesidad y miseria de la población de Italia. Con ello se convirtió en el "emperador encubierto del imperio occidental". Durante el primer año de su pontificado la peste habría asolado Roma; para liberar a la ciudad de su azote, el papa Gregorio habría organizado una procesión. Entonces, sobre el mausoleo del emperador Adriano († 138) se le habría aparecido el arcángel san Miguel envainando su espada como en señal de que la plaga había cesado. Desde entonces la tumba del emperador se llamó *Castel Sant'Angelo*, castillo del santo Ángel» (o. c., 39).

Las «catedrales» del papa

Al papa le corresponden otros títulos: primado de Italia, patriarca de Occidente, pontífice de la Iglesia universal. Y obispo de Roma.

Este último título es el que jurídicamente lo pone en la sucesión directa del primer obispo de la Ciudad Eterna y lo constituye presidente del colegio episcopal. En cuanto obispo de Roma, donde por delegación suya ejerce un cardenal vicario, su catedral no es la basílica de San Pedro sino la de San Juan de Letrán, de la que todo nuevo papa toma posesión formal, y donde, hasta que Benedicto XI (1303-1304) fijó su residencia en Perusa y el regreso de los papas de Aviñón, con Gregorio XI (1371-1378), tuvo el romano pontífice su residencia habitual [3].

---

entre vosotros, sea servidor vuestro, y el que quiera ser primero, sea esclavo de todos» (Mc 10,43-44).

[3] Antes de su residencia actual en el Vaticano, donde quedó establecido a raíz de la ocupación de los Estados Pontificios y, de manera definitiva, de los Acuerdos de Letrán (11 de febrero de 1929), el papa había residido en Letrán y en el Quirinal. Aparte, como se dirá, de en Aviñón, durante lo que se llamó la «cautividad babilónica» (1305-1377). Anteriormente, y como consecuencia de sus posesiones temporales, los papas alterna-

Las (cuatro) basílicas mayores

La *basílica de San Pedro* sufrió varias reformas, a lo largo de los siglos, hasta su actual configuración. La inicial fue levantada por el emperador Constantino en el año 324 en el lugar donde la tradición asegura haber sido martirizado san Pedro, el año 64, durante la persecución de Nerón. La basílica actual la empezó Nicolás V (1447-1455). Las obras se prolongaron a lo largo de siglos, y se puede decir que no se terminaron hasta 1977, cuando Pablo VI pudo inaugurar una de las puertas de entrada. Inicialmente tenía forma de cruz griega, que, con los sucesivos retoques, se convirtió en latina. En ella trabajaron los más grandes artistas, como Bramante, Rafael (en la conversión de la planta), Miguel Ángel (en la cúpula), Maderno, Bernini y otros.

Además de estar considerada como centro de la cristiandad, es el templo más largo del mundo, con 211,50 m de largo total (le siguen las catedrales de Westminster y de Sevilla), 114,70 m de ancho en la fachada y 45,45 m de altura, con 42 m de diámetro en la cúpula y 132,50 m de altura, desde el piso hasta el pináculo (parte más alta de la cruz). Para el acceso a pie hasta la cúpula hay que subir 537 escalones.

La *basílica de San Juan de Letrán*, verdadera catedral de Roma, fue construida en su ubicación actual, en las proximidades del llamado Monte Celio, por el papa Milcíades (311-314). Al lado se encontraba un pa-

---

ron, según gustos, residencias en diferentes lugares. Se deduce de aquellos donde algunos de ellos murieron y/o están enterrados. Por ejemplo, Adriano III (884-885), en Módena; Clemente II (1046- 1047), en las cercanías de Pésaro; Víctor II (1055-1057), en Arezzo; Esteban IX (1057-1058), en Florencia; Gregorio VII (1073-1085), en Salerno; Víctor III (1086-1087), en Montecassino; Gelasio II (1118-1119), en Cluny (Francia), huyendo de los Frangipani; Adriano IV (1154-1159), en Anagni; Lucio III (1181-1185), en Verona; Urbano VIII (1185-1187), en Ferrara; Gregorio VIII (1187), en Pisa; Inocencio IV (1243-1254), en Nápoles; Alejandro IV (1254-1261), en Viterbo; Urbano IV (1261-1264), en Perusa; Clemente IV (1265-1268), en Viterbo, lo mismo que Adriano V (1276) y Juan XXI (1276-1277)...

Tras Aviñón, sólo excepcionalmente dos papas (Pío II: 1458-1464; y Pío VI: 1775-1799) murieron fuera de la Ciudad Eterna. El primero, en Ancona, donde lo sorprendió la muerte al frente de la cruzada contra los turcos, con la esperanza de que su gesto haría avergonzarse a los príncipes cristianos viendo marchar a la guerra «a su maestro y padre, el obispo de Roma y representante de Cristo, anciano, enfermo y débil». Pío VI murió aún más lejos de Roma: en Valence (Francia). En contra de su voluntad, había sido arrastrado hasta allí por la prepotencia de Napoleón.

lacio del que Constantino el Grande (306-337) hizo donación al pontífice romano tras su milagrosa victoria sobre Majencio en el Puente Milvio. (La leyenda afirma que la noche antes de la batalla decisiva, el emperador vio dibujada una cruz en el cielo con la leyenda *In hoc signo* vinces: Con este signo vencerás).

Pasto en dos ocasiones de las llamas, otras tantas fue reconstruida por el arquitecto Borromini. Su longitud es de 130 m. En la parte superior de la fachada tiene quince estatuas de 7 m de altura cada una.

Roma cuenta con otras dos «basílicas mayores»: la de *San Pablo Extramuros*, construida inicialmente por Constantino el Grande en la llamada Vía Ostiense (la de la salida de Roma hacia el mar), en el lugar donde se supone fue enterrado san Pablo, martirizado, lo mismo que san Pedro, durante la persecución de Nerón, hacia el año 64. El pórtico cuadrado de su fachada principal tiene 146 columnas de granito blanco. En la parte superior, a lo largo de sus cinco naves, están representados, en mosaico y en orden cronológico, todos los papas, desde san Pedro hasta Juan Pablo II.

La otra (cuarta) basílica romana es la de *Santa María la Mayor*. Se dice que fue construida por Sixto III (432-440), que en realidad más bien amplió y enriqueció una basílica menor preexistente a él en el llamado Monte Esquilino. Fue construida por el papa Liberio (532-566). Se encuentra al lado de la *stazione* Términi. Es la más céntrica, respecto de la ciudad, de las cuatro basílicas romanas. A no mucha distancia se encuentra la verdadera «catedral de Roma», es decir, la de San Juan de Letrán.

Los otros patriarcados

El «patriarcado» occidental del obispo de Roma tiene un homólogo, representante directo suyo para la comunidad católica de rito latino de Oriente Medio. A su frente está el patriarca Miguel Sabbah, con residencia en Jerusalén. Existen igualmente, en Oriente Medio, patriarcados de rito no latino unidos a Roma; forman parte de la Iglesia católica y cuentan con jerarquía propia nombrada por el papa. Cada uno tiene un «procurador» (representante) en Roma.

Tal es el caso, por ejemplo, de la *Iglesia greco-melquita*, unida con Roma desde el siglo XVIII, que cuenta con 1.000.000 de fieles aproximadamente, establecidos en Siria, Líbano, Israel, Egipto, Jordania y en la emigración (diáspora); practica la liturgia bizantina; al frente tiene, con el título de *patriarca de Antioquía*, a Máximos V Hakim, que reside en Damasco (Siria). El de la *Iglesia copta*, cuyo rito es también el copto, unida a Roma desde el siglo XVIII, con 150.000 fieles establecidos en Egipto y en la emigración, a cuyo frente está, con el título de *patriarca de Alejandría*, Stéphanos II Ghattas, residente en El Cairo. El de la *Iglesia maronita*, de rito maronita, que cuenta con 2.000.000 de fieles aproximadamente, establecidos en Siria, Líbano y en la emigración, a cuyo frente está el cardenal Nasrallah Pedro Sfeir, con residencia en Bherké (Líbano). De la *Iglesia de Armenia*, de rito armenio, unida a Roma desde el siglo XVIII, con 140.000 fieles residentes en Siria, Líbano, Irak, Turquía, etc., cuyo patriarca es Juan Pedro XVIII Kasparian, que tiene su residencia en Beirut. De la *Iglesia caldea*, de rito sirio oriental, unida a Roma desde el siglo XVI, con 470.000 fieles aproximadamente, establecidos en Irán, Irak, Siria, Líbano, etc., a cuyo frente se encuentra, con el título de *patriarca de Babilonia*, Rafael I Bidawid, residente en Bagdad. La *Iglesia siria*, de rito sirio, unida a Roma desde el siglo XVII, con 100.000 fieles aproximadamente, establecidos en Líbano, Siria, Irak y en la emigración, a cuyo frente se encuentra Ignacio Antonio II Hayek, residente en Beirut, con el mismo título —patriarca de Antioquía— que el de la Iglesia maronita. (Los diferencia la especificación de los respectivos ritos). (Como títulos honoríficos, sin contenido jurisdiccional, existen otros patriarcados: el de «patriarca de las Indias Orientales», que viene ostentando desde septiembre de 1886 el arzobispo de Lisboa; hasta hace un decenio más o menos, el de «patriarca de las Indias Occidentales» iba anejo al del titular de la diócesis de Madrid, hasta que Pablo VI la transformó virtualmente en archidiócesis cardenalicia, con Vicente Enrique y Tarancón. Juan Pablo II, el 21 de julio de 1990, convirtió la archidiócesis de Madrid en metropolitana, agregándole dos de nueva creación, Alcalá de Henares y Getafe, cuyos territorios formaban parte con anterioridad de la propia archidiócesis de Madrid).

En paralelo con tales patriarcados católicos que reconocen (y obedecen) al papa, existen Iglesias «rivales» de Roma (dicho sea en función escuetamente nocional, sin la menor intención despectiva). La *Iglesia ortodoxa griega*, por ejemplo, brotada del Cisma de Oriente (siglo XI), con 14.000.000 de fieles, subdividida en cuatro patriarcados (de Alejandría, Antioquía, Jerusalén y Constantinopla), presididos por un «patriarca ecuménico» que reside en Constantinopla. (Lo fue Atenágoras, en tiempos de Pablo VI). La *Iglesia ortodoxa copta*, monofisita (niega que en Cristo hubiera dos naturalezas, divina y humana), con 7.000.000 de fieles aproximadamente, egipcios y sudaneses y en la diáspora. La *Iglesia ortodoxa de Etiopía*, monofisita, con 16.000.000 de fieles aproximadamente, etíopes y en la emigración; a su frente está un patriarca residente en Addis Abeba. La *Iglesia apostólica de Armenia*, monofisita, con 6.000.000 de fieles aproximadamente, establecidos sobre todo en Armenia (y en la emigración). La *Iglesia asiria*, nestoriana (atribuye doble personalidad a Cristo), con 550.000 fieles, establecidos en Irak, Irán, Siria, Líbano y Estados Unidos. La *Iglesia ortodoxa siria*, monofisita, con 1.200.000 fieles aproximadamente, establecidos en la India (mayoría), Siria, Irak, etc. Y la *Iglesia siria de la India*, ramificación de la Iglesia siria, con 280.000 fieles.

(Para la elaboración de este recuadro se ha consultado el *Anuario pontificio 1994* y la obra *The Eastern Christian Churches*, de Ronald G. Robertson, Instituto de Estudios Orientales, Roma 1992).

2
PRIMEROS SUCESORES DE PEDRO

El hecho de los nombres de los primeros diez sucesores de Pedro al frente de la sede de Roma es más que histórica y científicamente seguro. Lo es también el orden de sucesión, como garantía de autenticidad de la cadena que engarza entre sí cada uno de los eslabones de una institución, acaso la única, que cubre veinte siglos de historia.

La atribución, en cambio, de unas fechas de comienzo y terminación para su encuadre cronológico no alcanza categoría superior a la de una escasa probabilidad y/o verosimilitud [4], en lo que respecta a los primeros treinta y un papas, desde Lino hasta Milcíades [5].

Hay un texto precioso y creíble en el que se apoya históricamente la radicación del papado en su enlace con Pedro de Galilea. Pertenece al obispo Ireneo de Lyón, de mediados del segundo siglo. Recibió confirmación de parte de cronistas relativamente próximos a él, como el historiador Eusebio (mediados del tercer siglo), y autenticidad externa en la aceptación por parte de la historiografía posterior.

En él aparece, en un orden de sucesión que nunca ha sido cuestionado con posterioridad, la lista de los doce primeros sucesores de Pedro.

Testimonio de Ireneo

La Iglesia basa su creencia en torno al primado de Pedro y de sus sucesores en la Escritura y la Tradición. Un testimonio para ella importante —no el úni-

[4] Fue el obispo de Cesarea, Eusebio († 339), el primero que intentó la tarea de sincronizar las fechas de los papas con las de los rectores del imperio.

[5] Los historiadores expresan tal escasa probabilidad con el adverbio «aproximadamente» o con una interrogación (?) junto a las fechas de tales primeros quince papas y de los ocho comprendidos desde el año 259 (con el papa Dionisio) y el 314 (con el papa Milcíades).

co— de la continuidad ininterrumpida entre Pedro obispo de Roma y sus sucesores es el siguiente texto de Ireneo, obispo de Lyón (vivió en torno al año 180):

(...) la tradición y fe de la máxima y más antigua Iglesia, la conocida de todos los hombres, que fue fundada y establecida por los dos apóstoles más gloriosos, Pedro y Pablo. Porque con esta Iglesia, a causa de su posición de preminencia y autoridad, tiene que sintonizarse toda Iglesia, es decir, los fieles del mundo entero; de hecho, en ella ha sido preservada siempre por los fieles de todas partes la tradición apostólica.

Los bienaventurados apóstoles, una vez fundada y establecida la Iglesia, transmitieron a Lino el ministerio episcopal. Al tal Lino lo menciona Pablo en la Carta a Timoteo. Le siguió Anacleto. Tras éste, en tercer lugar después de los apóstoles, recibió el ministerio episcopal Clemente, que también vio personalmente a los apóstoles y frecuentó su trato. Habiendo estallado en su tiempo un notable conflicto entre los hermanos de Corinto, la Iglesia les envió una carta. A Clemente le sucedió Evaristo. A Evaristo, Alejandro. A éste le sucedió, en sexto lugar después de los apóstoles, Sixto, a quien sucedió Telesforo, que dio glorioso testimonio. Después vino Higinio. Luego, Pío. Tras éste, Aniceto. Después de Aniceto vino Sotero. En la actualidad, ocupando el duodécimo lugar a partir de los apóstoles, ejerce el ministerio episcopal Eleuterio.

3
LOS NOMBRES DE LOS PAPAS

Los trece —catorce con el de san Pedro— nombres de los papas que ocupan/encabezan los primeros ciento noventa años de la historia del papado inauguraron dos series largas, con más de diez integrantes cada una, de nombres en la lista total de los papas: la de los *Clemente* y la de los *Pío*. Y dos más cortas: la de los *Alejandro* y la de los *Sixto*.

Los Clemente, desde el primero, han llegado ya hasta el decimocuarto (1769-1794). Los Pío, desde, también, el que estrenó el nombre como primero, han llegado hasta un duodécimo: el papa Pacelli (1939-1958).

Hasta ahora, los Alejandro han llegado a los ocho; los Sixto han sido cinco. Otros, más adelante, podrían optar por prolongar alguna de las listas.

Los demás nombres de papas de esos dos escasos primeros siglos —Evaristo, Telesforo, Aniceto, Eleuterio, Sotero— no han tenido continuadores.

En apariencia, tampoco se puede dar mayor importancia a la simple coincidencia nominal. Salvo contadas excepciones, durante diez siglos, cada papa conservó el nombre que tenía como presbítero, diácono o simple cristiano de a pie. Las excepciones de cambio de nombre con anterioridad a Sergio IV (1009-1012) fueron Juan II (533-535), que se llamaba anteriormente Mercurio: estimaba inadecuado que un papa cristiano llevase el nombre de una divinidad pagana. En el 955 fue Octaviano, de la familia de los condes de Túsculo, el que trocó su nombre en Juan XII (955-964). También, en el 996, Brunón, de los condes de Carincia, cambió el nombre por el de Gregorio V (996-999). Y se lo cambió igualmente Gerberto de Aurillac, en el 999, por Silvestre II (999-1003). Y los dos siguientes, Sicón y Juan Fasano, por Juan XVII (1003) y Juan XVIII (1004-1009) respectivamente.

Pero oficialmente se considera como primer papa que trocó el nombre a Sergio IV (1009-1012). Por supuesto, ningún otro

Las razones de Juan XXIII y del papa Luciani

Diversa fue, en cambio, la de Simón de Brion para llamarse Martín IV (1281-1285) cuando sucedió a Nicolás III (1277-1280): una razón de chauvinismo... galicano. Quiso elegir el nombre de Martín por ser el de un santo francés.

Razones —en singular, más bien— de tradición familiar fueron las que animaron a Michelangelo de Conti, elegido sucesor de Clemente XI con el nombre de Inocencio XIII (1721-1724), a llamarse como se llamó. Como un miembro de la misma familia Conti había sido papa con el nombre de Inocencio III (1198-1216), él quiso prolongar la tradición, aunque entre ambos hubiera habido ya nueve papas del mismo nombre.

Emilio Altieri, elegido en abril de 1670 como sucesor de Clemente IX (1667-1669), se llamó Clemente X (1670-1676) no sólo porque le sucedió, sino por afecto a quien, un mes antes de su muerte, lo había nombrado cardenal.

Benedetto Odescalchi, elegido por unanimidad para suceder a Clemente X en 1676, optó por llamarse Inocencio XI (1676-1689) en agradecimiento a Inocencio X, que lo hiciera cardenal en 1645.

Algunos papas han explicitado de manera inequívoca las razones por las que eligieron un determinado nombre. Ninguno, probablemente, de manera tan diáfana como lo hiciera Angelo Giuseppe Roncalli el 28 de octubre de 1958, tras su elección como sucesor de Pío XII (1939-1958). No fue una sola. Tuvo varias, todas encantadoramente convincentes, para trocar el nombre compuesto de pila, Angelo Giuseppe (José Ángel), que le gustaba mucho, por el de Juan.

Juan XXIII: por qué quiso llamarse así

A menos de dos horas de su elección como sucesor de Pío XII, al atardecer del 28 de octubre de 1958, antes de dar su primera bendición *Urbi et orbi*, Angelo Roncalli explicó de esta manera las razones de por qué había decidido llamarse Juan, lo que para el mundo entero era una más de las sorpresas (nadie había hablado de él como posible papa; era desconocido para la mayoría; e inauguró, desde aquella primera conversación amenísima con sus oyentes del mundo entero, una manera distinta, inmediata y calurosa de comunicación, hasta entonces totalmente desacostumbrada):

Quiero llamarme Juan. Este nombre me es muy dulce porque es el nombre de mi padre. Me es suave porque es el titular de la parroquia donde recibí el bautismo. Es un nombre que en la larguísima serie de romanos pontífices goza de primacía numérica. Se cuentan, de hecho, veintidós sumos pontífices con el nombre de Juan de legitimidad indiscutible[7]*. Casi todos tuvieron un pontificado muy breve. He preferido encubrir la pequeñez de mi nombre tras esta magnífica sucesión de romanos pontífices. Pero yo amo el nombre de Juan de manera particular por el doble apelativo de dos hombres que estuvieron cerca de Cristo Señor: Juan Bautista, precursor del Señor, no era la luz, pero era testigo de la luz y fue testigo invicto de la verdad, de la justicia y de la libertad en la predicación, en el bautismo de penitencia y en la sangre que derramó; y el otro Juan, el discípulo y evangelista, el predilecto de Cristo y de su dulcísima Madre, que en la cena descansó sobre el pecho del Señor y bebió aquella caridad de la cual fue, hasta edad avanzada, llama viva y apostólica.*

A admiración hacia algún predecesor, inmediato o remoto, se puede atribuir razonablemente en muchos casos la elección del nombre. Por ejemplo, de Eugenio Pacelli hacia su inmediato predecesor, Pío XI, del que había sido secretario de Estado.

Tanto admiraba Eugenio Pacelli a Aquiles Ratti y tanto, a su vez, estimaba éste a aquél, que Pío XI llegó a dar muestras de ver en él a su delfín. Esta circunstancia parece ser que influyó tanto en el destino de Eugenio Pacelli, que salió elegido en uno de los conclaves más breves de la historia, desde luego de la reciente. El primer día, a la tercera votación.

Según voces de más que difícil comprobación, dado el secreto que rodea la elección papal, Pacelli habría sido elegido con la totalidad de los votos menos el suyo. Según otras, que resultan más verosí-

[7] La expresión «legitimidad indiscutible» matiza, en el lenguaje de un cultivador tan agudo de la historia como fue el papa Roncalli, la circunstancia de que con el mismo nombre se registren tres antipapas: uno (año 844) sin numeral de orden, más Juan XVI (997-998) y hasta un Juan XXIII (1410-1415). Conviene aclarar que no consta que haya habido un Juan XX, y que el numeral del antipapa Juan XVI fue respetado en la sucesión de los restantes papas legítimos de tal nombre.

miles, por 48 de los 63 votos [8].

Admiración no menor, y amistad recíproca, existía entre Juan XXIII y el cardenal arzobispo de Milán Juan Bautista Montini, que le sucedió en junio de 1963. Existió, por parte del sucesor, voluntad expresa de fidelísima prosecución del programa que apenas había tenido tiempo de esbozar el papa Roncalli. No obstante, Montini renunció claramente a heredar el nombre de su predecesor. Es probable que ni siquiera se le pasase por la cabeza, por humildad mezclada de respeto: la estima que tenía de la bondad de su casi paisano (procedían ambos de dos provincias limítrofes de la Lombardía: Bérgamo y Brescia) le hubiera disuadido de casi «profanar» su nombre. En todo caso, hubiera habido una razón más: su nombre de bautisto era justamente el de su predecesor.

Escogió el de Pablo: Pablo VI. Algunos cronistas apresurados investigaron las posibles razones en los cinco que lo habían precedido con tal nombre: Pablo I (757-767), un romano, elegido como sucesor de su hermano Esteban II (752- 757); Pablo II (1464-1471), veneciano, sobrino él mismo de un papa (Eugenio IV, 1431-1447), que pasó a la historia, además de por algunos gestos guerreros, por haber hecho construir el *palazzo Venezia* en Roma, que convirtió en su residencia y que lo sería de algunos otros papas más; Pablo III (1534-1549), romano de la familia Farnese, que protagonizó un papado con más abundantes sombras

[8] Según el vaticanólogo Giancarlo Zizola, el «mito» de la unanimidad en la elección de Pío XII fue esparcido por la voz de un informador muy escuchado en embajadas, agencias de información y redacciones de periódicos. Pero quedó desmontado por la «trampa» dialéctica tendida por algunos integrantes de una institución religiosa de la que fue huésped durante el conclave un anciano cardenal francés, ya casi moribundo: Baudrillart. «¡Magnífica, Eminencia, la unanimidad con que ha sido elegido el cardenal Pacelli!», insinuó un eclesiástico en presencia del purpurado. «¿Quién ha dicho que unanimidad?», saltó éste, casi malhumorado. «Lo siento; no ha habido tal unanimidad».

El estratega dialéctico prosiguió con su juego: «Alguien ha dicho que el cardenal Pacelli ha obtenido 52 votos». «Mentira, y gorda: han sido 48 exactamente», rebatió el cardenal galo, inconsciente de haber transgredido el secreto involuntariamente.

Habiendo sido 63 el número de los electores, para la unanimidad le habían faltado a Eugenio Pacelli 14 votos, naturalmente aparte del suyo. En cambio le habían «sobrado» seis de los dos tercios exigidos. Parece ser que un sector de cardenales italianos tenían como candidato a su colega Elia Dalla Costa, arzobispo de Florencia. (Cf. Giancarlo ZIZOLA, *Quale papa?*, Roma 1977, págs. 145-146).

que luces. Entre las sombras, su nepotismo y hasta la existencia de dos hijos habidos de una relación ilegítima anterior a la recepción de las órdenes sagradas. La mayor de las luces, la convocatoria del concilio de Trento; Pablo IV (1555-1559), un papa también de escasa ejemplaridad, definido como de temperamento violento y fogoso, impulsivo en el manejo de los asuntos, que no toleraba que nadie lo contradijese; y Pablo V (1605-1621), romano, de la familia de los Borghese, de quien se dice que «era un hombre muy reflexivo, que odiaba la precipitación», pero que «en todas las cosas reveló una gran lucidez»; canonizó a Carlos Borromeo, gran arzobispo de Milán.

Con todo, si los antedichos «cronistas apresurados» llegaron a sospechar que la elección de nombre por parte del sucesor de Juan XXIII pudiese guardar relación con sus cinco homónimos, quienes conocían bien al papa Montini tenían la clave de la autenticidad en su admiración por el llamado «Apóstol de los gentiles» ya desde los albores de su sacerdocio. Una clave que aún identificó más claramente, aunque a posteriori, quien así dijo de él: «Juan Bautista Montini eligió desde el primer momento un nombre que llevaba implícita la aspiración de su pontificado: Pablo, el apóstol de los gentiles, el heraldo de la palabra, el viajero incansable, doctor y pastor, el reformador atrevido y avisado que no duda en cambiar las observancias no esenciales para difundir mejor el mensaje del Evangelio» (Paul Poupard).

Hubo un papa, inmediatamente después de Juan XXIII y de Pablo VI, que inauguró, con sencillez y aparentemente sin darse cuenta, una hermosa costumbre que de manera inmediata dio lugar a una sonora ratificación: la de los nombres compuestos. Se trata, ni que decir tiene, de Juan Pablo I.

Con excepcionales dotes de comunicador, con una sencillez que más lo hacía parecerse al papa Roncalli que a Montini, el sucesor inmediato de éste en el sumo pontificado y «doblemente segundo» —en la sede de Venecia y de Roma— del anterior, Albino Luciani, confesó, al día siguiente de su elección, las razones que le habían movido a fusionar en uno solo los nombres de sus dos antecesores.

Hubiera sido una lástima que tan feliz intuición se hubiese agotado con sus treinta y tres días de una hermosa promesa. Su sucesor heredó el nombre compuesto desde una personalidad, un pasado y, con toda probabilidad, un futuro muy distintos.

Hay quien asegura (cf. Peter Hebblethwaite, *The next Pope*, pág. 34) que, sin el precedente casi vinculante de su inmediato predecesor, con tal conciencia de su misión y providencialidad eslavas, Karol Wojtyla con toda probabilidad hubiera optado por un nombre tan totalmente nuevo en el nomenclátor papal como el de Estanislao [9]...

Explicación de Juan Pablo I

Al día siguiente de su elección, que era domingo, a la hora del *Angelus*, Albino Luciani mantuvo con los turistas y fieles reunidos en la plaza de San Pedro (y, a través de la televisión, con medio mundo) una de las comunicaciones más expresivas que jamás ha mantenido papa alguno en circunstancias parecidas:

Ayer por la mañana fui a la Sixtina a votar tranquilamente. Jamás hubiera imaginado lo que iba a suceder. Apenas se perfiló el peligro para mí, los dos colegas que estaban a mi lado me susurraron palabras de aliento. Uno me dijo: «¡Ánimo! Si el Señor le da una carga, también le brindará su ayuda para sobrellevarla». El otro colega añadió: «No tenga miedo. En el mundo entero hay mucha gente que reza por el nuevo papa».

Llegado el momento, acepté. Vino en seguida la cuestión del nombre. (Porque también le preguntan a uno qué nombre elige). Jamás se me había pasado por la cabeza pensar en ello.

Me hice el razonamiento siguiente: El papa Juan quiso consagrarme personalmente, aquí en la basílica de San Pedro. Después, aunque indignamente, le sucedí en la cátedra de San Marcos [10]*, en esa Venecia que sigue rebosando papa Juan por todos sus poros: lo recuerdan los gondoleros, las religiosas: ¡todos! Pero también el papa Pablo, no sólo me hizo cardenal sino que, algunos meses antes, en la pasarela de la plaza de San Marcos, me hizo enrojecer ante 20.000 personas, al quitarse la estola para ponérmela en las espaldas* [11]*. En mi vida me había puesto tan colorado. Por*

[9] Lo expresa de esta manera el autor inglés († enero de 1995): «A la muerte de Juan Pablo I aparecieron pósters adelantándose y dando la bienvenida a "Juan Pablo II". El cardenal Karol Wojtyla aceptó este nombre, aunque por su parte hubiera preferido Estanislao».

[10] El evangelista san Marcos es el patrono de Venecia y titular de su basílica, se dice que por haber sido su primer obispo.

[11] Existe una instantánea de tal hecho, en el que no pocos vie-

otra parte, en quince años de pontificado, este papa no sólo me ha enseñado a mí sino a todo el mundo cómo se ama, se sirve, se trabaja y se sufre por la Iglesia de Cristo.

Por eso dije: «Me llamaré Juan Pablo». Entendámonos: yo no tengo la sapientia cordis *(sabiduría del corazón) del papa Juan ni tampoco la preparación y la cultura del papa Pablo, pero ocupo su lugar y tengo que esforzarme por servir a la Iglesia. Confío en que con vuestras oraciones me ayudaréis a hacerlo.*

---

ron, a posteriori, una intuición profética de Pablo VI con respecto a su inmediato sucesor.

4
LA ELECCIÓN Y SUS CIRCUNSTANCIAS

En los primeros siglos, el sucesor de Pedro en la sede romana lo fue mayormente mediante elección por la comunidad cristiana. En siglos posteriores, hasta el XII más o menos, se produjo una destacada y condicionante injerencia del poder temporal. Después, con un protagonismo, nunca exclusivo pero sí destacado, de los altos estamentos eclesiásticos.

En cambio, los sucesores de los demás apóstoles lo han sido generalmente por nombramiento, aunque en las primeras épocas de la cristiandad intervinieran destacadamente clero y seglares en la identificación y señalación previas de los candidatos.

La de los sumos pontífices no ha sido una elección siempre uniforme. Ha habido una poco menos que permanente evolución del sistema electoral, hasta registrar más de una treintena de modalidades diferentes. Tales modalidades (no siempre para mejor, dicha sea la verdad) se sitúan entre los extremos, no simplemente cronológicos, de cómo se realizaba la elección en los primeros tiempos y cómo se ha venido efectuando en el siglo que está a punto de terminar. Que es cómo, parcial y previsiblemente, se seguirá efectuando.

Las dos formas extremas, primitiva y actual, depurada mucho ya ésta pero susceptible todavía y hasta necesitada de mejoras, resultan con diferencia las más aceptables, a juzgar, cuando menos, por los resultados. Los primeros pontífices de la Iglesia como resultado de una. Los del siglo XX, como emanados de la forma más reciente.

Esos resultados que se concretan en aquellos papas de la primera época y en los más recientes... ¿Hay algo en definitiva más elocuente, desde la representatividad y función que corresponde a los sucesores del apóstol elegido por Cristo como piedra fundamental del edificio de su Iglesia, que la santidad, que es nota destacada en «aquellos» y en «estos» papas?

Retoques al conclave

Parecen augurables retoques al conclave en algo tan sustancial como una participación y representatividad virtual de toda la Iglesia a través de los electores. No parece tan imposible de articular una mayor presencia en la elección de los papas de las conferencias episcopales, limitando el protagonismo, excesivo y exclusivo, de los cardenales. Podrían tomar parte en la elección los presidentes de las conferencias episcopales, sin necesidad de excluir, respetando una tradición milenaria, una participación destacada de representantes de la diócesis primacial de la Iglesia.

Parece suficientemente documentado que ya preveía esto la reforma que quiso poner en marcha Pablo VI en este campo, y de la que le retrajo la resistencia de algunos cardenales, empezando por la del entonces arzobispo de Génova, Giuseppe Siri (cf. Peter HEBBLETHWAITE, *The next Pope*, 52-53; Giancarlo ZIZOLA, *Quale papa?*, 87).

En un plano más secundario e instrumental, podría variar un poco lo relacionado con la cremación de distintas materias, como las papeletas de la votación, con las que se intenta producir un humo blanco u oscuro, según los casos. Podría recurrirse a un simbolismo más ágil y seguro. Ocurrió por ejemplo, tras la muerte de Juan XXIII, que ya en el primer día de votaciones la chimenea de la Capilla Sixtina dejó salir una coqueta humareda blanca que fue acogida con estruendosos aplausos cual presagio de una elección imprevisiblemente rápida. Los aplausos sorprendieron y alertaron al inexperto fogonero que se encontraba a la otra parte de las sagradas murallas. En seguida modificó el elemento de la combustión. La intensidad de la humareda inequívocamente negra estuvo a punto de alarmar al parque vaticano de bomberos.

Aunque consecuencia en parte de un proceso menos formal que el que ahora se sigue para las declaraciones de «beatitud» y «santidad», pero a fin de cuentas no menos válido y auténtico, de los primeros 58 sucesores de Pedro, todos menos dos (Liberio: 352-366; y Anastasio II: 496-498) están incluidos en el catálogo de los santos. Algunos de ellos, con la aureola del martirio. Desde el 58 (San Silverio: 536-537) hasta Juan Pablo II (1978-...), los incluidos en el mismo catálogo han sido 22, más ocho que se han quedado en beatos, algunos de ellos desde hace siglos, como Víctor III, que murió en el 1087; Urbano II, muerto en el 1099; Eugenio III (1153), Gregorio X (1276). Entre los años 891 (Esteban V: 885-891) y 1048 (Dámaso II: 1048) se sucedieron 41 papas, sin que ninguno de ellos haya sido reconocido como santo ni beato. Tampoco hubo/hay santos ni beatos reconocidos entre los 23 papas que van desde Gregorio XI (1371-1378) hasta Pío IV (1560-1565).

El testimonio de la santidad

Con respecto a los más recientes —pongamos los del siglo que está a punto de concluir—, cabe señalar dos argumentos de «excelencia», sin que sean los únicos:

1. En tema de santidad: uno —Pío X (1903-1914)— elevado ya al honor de los altares[12]; tres más (Pío XII: 1939-1958; Juan XXIII: 1958-1963; Pablo VI: 1963-1978), con procesos de beatificación en curso, con etapas del largo «juicio canónico» ya superadas para alguno de ellos. Yendo de san Pío X hacia atrás, desde él hasta san Pío V (1566-1572), entre un total de 31 papas sólo se «localiza» un beato: Inocencio XI (1676-1689).

---

[12] Fue declarado beato por Pío XII en junio de 1951, y santo en mayo de 1954. En realidad, no es santo de universal devoción. «Un véneto manso de apariencia, de corazón despiadado (...) que quemó en la caza a los modernistas los recursos enormes de la *inteligentzia* católica y las exigencias de renovación de la Iglesia» (G. ZIZOLA, o. c., 133); «(...) un papa que guió a la Iglesia desde la extrema derecha» (P. HEBBLETHWAITE, o. c., 23). Loris Capovilla, secretario personal de Juan XXIII desde los tiempos en que éste había sido arzobispo de Venecia, anota: «Recuerdo haber asistido casualmente, en los comienzos del proceso por la causa de beatificación de Pío X, a un coloquio entre sacerdotes venecianos, unánimes en su respeto hacia el pontífice véneto, pero que abrigaban dudas acerca del éxito de su causa de beatificación: «No lo canonizarán, porque decía algunas mentiras» (L. CAPOVILLA, *Un santo della mia parrocchia*, Bérgamo 1993, pág. 55). El mismo autor, tres páginas más adelante en la misma obra, recoge una anécdota y juicio protagonizado y descrito por el escritor (católico) francés François Mauriac con motivo de una visita al entonces (1955) arzobispo de Venecia Ángel Roncalli: «Audiencia del cardenal Roncalli, hasta ayer nuncio apostólico en París, en este momento patriarca de Venecia. Parece feliz de recibir a personas de París. (...) El secretario de Su Eminencia me acompaña por las habitaciones de Pío X, en su día también él patriarca de Venecia. Disimulo mi falta de emoción: a cada uno los santos que le convienen. Éste no es de mi devoción. No obstante, lo invoco: San Pío X, rogad por los otros» (ib., pág. 58). J. N. D. Kelly, por el contrario, dice de él: «Profundamente conservador bajo muchos aspectos, Pío X fue sin embargo uno de los papas más positivamente reformistas. Hombre de transparentes bondad y humildad, decidido y con capacidad de organización, tenía fama de santo. Se le atribuyeron milagros ya en vida» (o. c., 314).

2. En punto a «valoración» externa: nunca hasta ahora había alcanzado la institución papal el prestigio de que viene gozando en un siglo y entorno tan desmitificadores y secularizantes como los actuales.

Si se buscase una posible explicación de esa nota positiva de los pontificados primitivo y actual, podría contar un dato: fue aquél y es el actual el período de la historia en que el papado ha estado despojado (más radicalmente el primitivo que el actual) de todo poder temporal.

En el primer período, tal despojo fue tan absoluto que el sucesor de Pedro y la comunidad que él presidía se movían en una clandestinidad perseguida, cuyo «riesgo» era el testimonio (martirio) de Cristo con la propia sangre.

En el siglo actual, de hecho a partir de 1870 con la ocupación de Roma por el ejército italiano, y jurídicamente desde los Acuerdos de Letrán (*Patti lateranensi*, los llaman en Italia) entre Pío XI y Benito Mussolini firmados el 11 de febrero de 1929, que implicaron la aceptación del *statu quo*, el Vaticano quedó felizmente «despojado» de los Estados Pontificios, lo que, contrariamente a prejuicios arraigados a lo largo de siglos, resultó una verdadera liberación y gracia para el papado.

Entre tales dos épocas extremas, a lo largo de los siglos, han sido frecuentes las injerencias espurias en la elección, generalmente por parte del poder político[13] y de la nobleza. Han producido el resultado de unos pontífices de escasa ejemplaridad, en las antípodas de su «representación vicaria», para millones de creyentes contemporáneos y futuros, del Jesús de Nazaret redentor de los hombres.

Paradójicamente, y a pesar de todo ello, algo permaneció y sobrevive como altamente positivo: la conciencia de primacía de la sede romana y de su titular, y el esfuerzo de adecuación de la estructura instrumental a una función que va mucho más allá de la mera convencionalidad de los hombres.

[13] A este respecto cabe reconocer que España, desde comienzos del imperio hasta comienzos de este siglo, ejerció en numerosas ocasiones el «privilegio» de veto del que «disfrutó» como país católico. Como lo hicieron Francia, Austria, Prusia...

5
NORMAS DE JUAN PABLO II PARA LA ELECCIÓN DE SU(S) SUCESOR(ES) [14]

Hubo un momento en que la elección del papa estuvo a punto de dejar de ser privilegio exclusivo de los cardenales. Pablo VI llegó a anunciar, en una especie de globo sonda, un proyecto novedoso. Aprovechó para ello una circunstancia solemne: la imposición en la basílica vaticana de las correspondientes insignias a su más reciente hornada de cardenales.

Fue el 5 de marzo de 1973. Había elevado a la púrpura a treinta eclesiásticos, la mayoría de ellos obispos residenciales. Dos eran españoles: Marcelo González Martín, arzobispo de la diócesis primada de Toledo, y Narciso Jubany, su sucesor al frente de la archidiócesis de Barcelona. Encabezaba la lista el que le sucedería con el nombre de Juan Pablo I: el entonces arzobispo-patriarca de Venecia Albino Luciani.

Con aquella promoción, el número de purpurados había alcanzado una cifra record: 145. Con anterioridad ya había adoptado Pablo VI una decisión para algunos polémica: a partir de los 80 años de edad, los cardenales quedaban impedidos de intervenir activamente en la elección del papa.

De elección del papa habló justamente en aquella circunstancia Pablo VI, en parte porque tenía la sospecha —que se demostraría infundada— de que le quedase poco tiempo de vida, si es que no pensaba (¡que probablemente sí!) en presentar la dimisión, por límite de edad, a la misma que había fijado para el

---

[14] Resulta más que probable que la normativa dictada por Juan Pablo II en febrero de 1996 no sufrirá variaciones para la elección de su inmediato sucesor. Que permanezca inalterada para los sucesores siguientes dependerá de que quien o quienes sucedan al primer papa polaco de la historia consideren, o no, la conveniencia de introducir nuevos cambios, previsiblemente más acordes con los tiempos.

cese de determinadas tareas activas por parte de los cardenales.

En presencia de quienes estaban estrenando cardenalato y de numerosos testigos, Pablo VI, en un tono supuestamente «hamletiano» que tenía explicaciones menos complejas, aseguró venirse preguntando desde algún tiempo atrás «si no será conveniente tomar en consideración la posibilidad de asociar al colegio de los cardenales, en tan importante función como la de elegir al papa, a aquellos a quienes el sínodo de los obispos, emanación del episcopado mundial, ha elegido como sus representantes y que componen el consejo de la secretaría general del mismo sínodo». Había asegurado asimismo, introduciendo el tema, preguntarse «si no será conveniente estudiar la oportunidad de ayudarnos de la colaboración de los patriarcas de las Iglesias orientales en lo que concierne a la elección del papa».

Desacuerdo del cardenal Siri

Veinte días más tarde, en un encuentro con los quince miembros de la secretaría general del sínodo de los obispos, Pablo VI aludió al mismo tema, ratificando tratarse de un proyecto en el que llevaba pensando desde hacía tiempo y añadiendo ser algo que consideraba «en armonía con la historia del colegio cardenalicio», además de corresponder «a los diversos deseos manifestados tras el reciente Concilio ecuménico». Un proyecto, añadió, que implicaba la ventaja de asociar a los cardenales «una representación altamente cualificada del sínodo de los obispos, que se renueva cada cierto tiempo».

De varias partes llovieron críticas a aquella propuesta. Algunas procedían de teólogos nada sospechosos de conservadorismo. La objeción más consistente era la de que el elegido por tal representación más hubiera sido un «superobispo» que el obispo de Roma: el papa es tal en cuanto sucesor de Pedro en la diócesis romana.

Por lo demás, en contra de una elección de aquellas características ya se había pronunciado uno de los representantes del más rancio inmovilismo teológico, el cardenal-arzobispo de Génova Giuseppe Siri: «Cuando se plantea, de forma teológica y jurídica, el tema de la elección del romano pontífice, no puede haber lugar para ninguna idea de constitución democrática o de federalismo. Nadie más que la Iglesia romana debe elegir a su obispo».

La prudencia movió a Pablo VI a replegar velas frente a una intuición que contaba, no obstante, con el respaldo de teólogos lúcidos y bienintencionados, y hasta con el apoyo explícito de eclesiásticos de la talla del cardenal-arzobispo de Bruselas, Léo-Josef Suenens.

Habiendo sobrevivido cinco años a su «fallida» propuesta, aún tuvo tiempo Pablo VI de legislar sobre el tema de la elección papal mediante un documento denominado *Romano pontifici eligendo* (1.10.1975). «Ignorando» sus hipótesis previas, sentenció claramente el protagonismo de los cardenales en la elección papal: «El derecho de elegir al romano pontífice corresponde exclusivamente a los cardenales de la Iglesia romana, excluidos aquellos que, en el momento de entrar en el conclave [15], hubiesen cumplido los 80 años».

Por su parte, también Juan Pablo II legislaría sobre el tema con la constitución apostólica *Universi dominici gregis* (22.2.1996). Tras afirmar haberse «preocupado de no cambiar sustancialmente la línea de la sabia y venerable tradición seguida hasta ahora» [16], hallaba motivo para su do-

---

[15] La preferencia fonética de muchos por un *cónclave* «esdrújulo» frente al conclave «llano» puede obedecer a la convicción de que lo difícil sea preferible a lo fácil, incluso en aquellos casos en que la lógica más parecería estar de parte de la facilidad. La Real Academia Española admite ambas fonéticas —la llana y la esdrújula— para el vocablo, aun situando la llana en primer lugar en su Diccionario. Parece lógico que así sea. No se diría ser más convincentes las razones de la «opción esdrújula» teniendo en cuenta que la etimología de la palabra deriva de la conjunción de la preposición latina *cum* (con) y el sustantivo *clavis* (llave), en este caso en ablativo: *cum clave*. La explicación está en el hecho de que el lugar donde se lleva a cabo la elección papal permanece cerrado con llave. En italiano, francés e inglés, en que la grafía de la palabra es la misma que en español, la pronunciación la hace llana, obviamente con el matiz de que los franceses «enmudecen» la *e* final no acentuada y el inglés mantiene su particular fonética: concleiv.

[16] Con la lógica excepción de su predecesor inmediato, los tres papas anteriores a Juan Pablo II habían considerado oportuno fijar normas específicas para la elección pontificia. Pío XII lo hico con la constitución *Vacantis Apostolicae Sedis*, del 8 de diciembre de 1945, Juan XXIII con el motu proprio *Summi pontificis electio*, del 5 de septiembre de 1962, y Pablo VI con el ya citado documento *Romano pontifici eligendo* (1 de octubre de 1975). Otros dos documentos decisivos en la configuración del conclave, y especialmente en la atribución de dicho privilegio en exclusiva a los cardenales, fueron el decreto *In nomine Domini*, de Nicolás II (1059), y la constitución *Licet de evitanda*, de Alejandro III (1179).

cumento en la publicación del nuevo Código de Derecho canónico inspirado en el Concilio Vaticano II. Juan Pablo II no se plantea duda ni modificación alguna en lo relacionado con la elección: «Ratifico que el colegio de los electores del sumo pontífice está constituido únicamente por los cardenales de la santa Iglesia romana», en cuya composición por purpurados de todos los continentes asegura encontrar «bien reflejada la universidad de la Iglesia». Siguiendo a Pablo VI, mantiene en 120 el número máximo de cardenales electores y, como él, excluye a aquellos que hubieran cumplido los 80 años antes o en coincidencia con la muerte del papa para el que se trata de elegir sucesor.

Las novedades de Juan Pablo II

El documento de Juan Pablo II incorporó novedades de carácter logístico relacionadas con la elección, disminuyendo —en función de los tiempos y por razones de profilaxis— las rigideces de otros momentos.

El conclave se seguirá celebrando en la Capilla Sixtina, bajo el dedo amenazante del supremo Juez de Miguel Ángel. Para el alojamiento de los cardenales —con su carga de años, achaques y debilidades físicas—, el nuevo reglamento prevé un espacio más funcional y bien dotado: el hostal vaticano «Santa Marta». Juan Pablo II introdujo algunas novedades más. Excluyó la modalidad de «elección por aclamación», más bien inusual. (Sólo se dijo, no se sabe con qué fundamento, que la había propuesto sin éxito el cardenal-arzobispo de Boston, Richard J. Cushing, para el candidato Juan Bautista Montini, que resultaría elegido como Pablo VI). Abolió también la llamada elección «por compromiso», porque, aparte ser «de difícil realización [...], por su naturaleza conlleva una cierta falta de responsabilidad de los electores» [17].

La elección se realizará mediante la emisión de voto por parte de los cardenales «en escrutinio secreto» [18], bajo promesa es-

[17] Pablo VI había admitido explícitamente tal modalidad de elección, aunque sin mayor entusiasmo: «...salvo el caso de que todos los cardenales electores por unanimidad, es decir, sin ninguna excepción, se pronuncien por un criterio distinto, que puede consistir en el *compromiso*, en la mayoría absoluta de votos más uno, o en *ballotage* entre los dos que en el escrutinio inmediato anterior hubiesen alcanzado el mayor número de votos» (Romano pontifici eligendo, n. 76).

[18] Cada uno con expresiones distintas, cuantos sumos pontí-

tricta de actuar en conciencia y de mantenerse aislados del ambiente externo. En efecto «desde el comienzo del proceso de la elección hasta que ésta tenga lugar y sea anunciada públicamente, (los cardenales) deben abstenerse de mantener correspondencia epistolar, telefónica o por medios de comunicación con personas ajenas al ámbito del desarrollo de la misma elección». Mientras dure tal proceso no podrán leer periódicos, ver tv u oír radio alguna que de manera siquiera indirecta pueda conectarlos con los ambientes externos.

Un juramento solemne, vinculante y conjunto

El secreto se «refuerza» con la emisión de un juramento solemne, vinculante y conjunto, que suena así literalmente: «Nosotros, cardenales de la santa Iglesia romana [...], prometemos, nos obligamos y juramos, todos y cada uno, observar exacta y fielmente todas las normas contenidas en la constitución apostólica *Universi dominici gregis* de Juan Pablo II, y mantener escrupulosamente el secreto sobre cualquier cosa que de algún modo tenga que ver con la elección del romano pontífice, o que por su naturaleza, durante la vacante de la Sede apostólica, requiera el mismo secreto». Este juramento colectivo se personaliza a continuación por cada cardenal que, poniendo la mano sobre los evangelios, pronuncia claramente: «Y yo, cardenal N., prometo, me obligo y juro. Así me ayude Dios y estos santos Evangelios que toco con mi mano».

Los plazos de sede vacante siguen siendo los fijados por Pablo VI: un mínimo de 15 días y un máximo de 20 desde la muerte del pontífice anterior hasta la inauguración del conclave. Todos los cardenales tienen obligación grave de acudir a la convocatoria del decano y de residir en el Vaticano.

Por razones de conveniencia humana y espiritual, serán admitidas en el recinto del conclave —pero no en el interior de la Capilla Sixtina—, junto con dos médicos, un adecuado número de religiosos de varias lenguas que puedan escuchar posibles confesiones sacramentales por parte de los cardenales y también personal adscrito a las funciones de cocina, comedor y limpieza. También estas personas están obligadas al secreto.

---

fices han legislado en torno al tema de la elección papal coincidieron siempre en la exigencia del secreto más estricto.

El secreto sobre la elección

En el capítulo IV de la constitución *Universi dominici gregis* de Juan Pablo II, a propósito de la «Observancia del secreto sobre todo lo relativo a la elección», se dice:

«El cardenal camarlengo y los tres cardenales asistentes *pro tempore* están obligados a vigilar atentamente para que no se viole en modo alguno el carácter reservado de lo que sucede en la Capilla Sixtina, donde se desarrollan las operaciones de votación, y de los locales contiguos, tanto antes como durante y después de tales operaciones.

»De modo particular, incluso recurriendo a la pericia de dos técnicos de confianza, procurarán tutelar este carácter reservado, asegurándose de que ningún medio de grabación o de transmisión audiovisual sea introducido por alguien en los locales indicados, especialmente en la citada Capilla donde se desarrollan los actos de la elección.

»Si se cometiese y descubriese una infracción a esta norma, sepan los autores que estarán sujetos a graves penas según juzgue el futuro pontífice» (n. 55).

Seguidamente, en el n. 56, la constitución prescribe: «En todo el tiempo que dure el proceso de la elección, los cardenales electores están obligados a abstenerse de correspondencia epistolar y de conversaciones incluso telefónicas o por radio con personas no debidamente admitidas en los edificios reservados a ellos.

»Únicamente razones gravísimas y urgentes, comprobadas por la congregación particular de los cardenales, podrán consentir semejantes conversaciones.

»Los cardenales electores, antes de iniciar los actos de la elección, proveerán pues a que se disponga de todo lo referente a las exigencias de su cargo o personales y no aplazables, de modo que no sea necesario recurrir a tales coloquios».

Aún se precisa más, en el n. 57: «Los cardenales electores deberán abstenerse igualmente de recibir o enviar cualquier tipo de mensajes fuera de la Ciudad del Vaticano, existiendo naturalmente la prohibición de que éstos se hagan por medio de alguna persona legítimamente admitida allí. De forma específica se prohíbe a los cardenales electores, mientras dure el proceso de la elección, recibir prensa diaria y periódica de cualquier tipo, así como escuchar programas radiofónicos o ver transmisiones televisivas».

Tras afirmar que «está prohibido a los cardenales electores revelar a cualquier otra persona noticias que directa o indirectamente se refieran a las votaciones, como también lo que se ha tratado o decidido sobre la elección del pontífice en las reuniones de los cardenales, tanto antes como durante el tiempo de la elección», y tras aclarar que «tal obligación del secreto concierne también a los cardenales no electores participantes en las congregaciones generales» (se refiere a los que hubiesen cumplido los 80 años, *nda*), Juan Pablo II afirma de manera más clara: «Ordeno además a todos los cardenales electores, *graviter onerata ipsorum conscientia*, que conserven el secreto sobre estas cosas incluso después de la elección del nuevo pontífice, recordando que no es lícito violarlo de ningún modo, a no ser que el nuevo pontífice haya dado una especial y explícita facultad al respecto» (n. 60).

No menos tajante es en el número siguiente, que cierra el capítulo sobre el secreto de la elección papal: «Finalmente, para que los cardenales electores puedan salvaguardarse de la indiscreción ajena y de eventuales asechanzas que pudieran afectar a su independencia de juicio y a su libertad de decisión, prohibo absolutamente que, bajo ningún pretexto se introduzcan en los lugares donde se desarrollan las operaciones de la elección o, si ya los hubiera, que sean usados instrumentos técnicos de cualquier tipo que sirvan para grabar, reproducir o transmitir voces, imágenes o escritos».

Inauguración con una misa

Ya en clima y sede de conclave, los cardenales tendrán que emitir un nuevo juramento: «Todos y cada uno de nosotros cardenales electores presentes en esta elección del sumo pontífice prometemos, nos obligamos y juramos observar fiel y escrupulosamente todas las prescripciones contenidas en la constitución apostólica *Universi dominici gregis*. Igualmente prometemos, nos obligamos y juramos que quienquiera de nosotros que, por disposición divina, sea elegido romano pontífice, se comprometerá a desempeñar fielmente el *munus petrinum* de pastor de la Iglesia universal y no dejará de afirmar y defender denodadamente los derechos espirituales y temporales, así como la libertad de la Santa Sede. Sobre todo, prometemos y juramos observar con la máxima fidelidad y con todos, tanto clérigos como laicos, el secreto sobre todo lo relacionado de algún modo con la elección del romano pontífice y sobre lo que ocurre en el lugar de la elección concerniente directa o indirectamente al escrutinio; no violar de ningún modo este secreto tanto durante como después de la elección del nuevo pontífice, a menos que sea dada autorización explícita por el mismo pontífice; no apoyar o favorecer ninguna interferencia, oposición o cualquier otra forma de intervención con la cual autoridades seculares de cualquier orden o grado, o cualquier grupo de personas o individuos quisieran inmiscuirse en la elección del romano pontífice».

Nuevamente, cada cardenal personaliza el juramento, que explícitamente ratifica, poniendo la mano sobre los evenagelios: «Y yo, cardenal N., prometo, me obligo y juro. Así me ayude Dios y estos santos evangelios que toco con mi mano».

El conclave se inaugura con una misa y la invocación del Espíritu santo, tras los oportunos controles para evitar «que sean dolosamente instalados medios audiovisuales de grabación y transmisión al exterior». Pero antes de que se proceda al primer escrutinio los cardenales tienen que escuchar un sermón más o menos conminatorio por parte de un clérigo ajeno al cuerpo de los electores.

Dos tercios más uno de los votos

Para que la elección sea válida «se requieren los dos tercios de los votos», salvo en el caso de que el número de electores no sea divisible por tres, en el que «se requiere un voto más».

En el caso más que probable de ser necesaria más de una votación, el orden de ellas será de una votación en la tarde del comienzo del conclave y cuatro —a razón de dos por la mañana y otras tantas por la tarde— en los días sucesivos.

Cabe añadir que a los juramentos previos se añade uno individual por parte de cada elector en el momento de depositar su voto en la urna. El juramento es éste: «Pongo por testigo a Cristo Señor que me ha de juzgar de que doy mi voto a aquel que, delante de Dios, creo que debe ser elegido».

Obviamente, tal convicción no puede ser tan firme como se podría pensar. De lo contrario cada cardenal votaría siempre al mismo candidato, lo cual no suele ocurrir ya que las mayorías se desplazan de unos candidatos a otros en sucesivas votaciones.

A razón de cuatro escrutinios diarios, pueden llegar a nueve antes de que se materialice la elección. En tal caso está previsto un día de reflexión e intercambio de opinión entre los electores, para proceder seguidamente a una nueva serie de escrutinios que, de alcanzar los siete (+9=16), dan lugar a otro día de interrupción para orar y reflexionar, tras lo cual aún son posibles siete escrutinios más (¡y estaríamos en 23!).

A tal punto, los electores pueden proceder a una votación centrada en los dos nombres que con anterioridad hubieran obtenido el mayor número de votos. También en este caso se requerirá la mayoría absoluta de votos para que la elección resulte válida.

Aunque casi siempre, en los últimos siglos, la elección ha recaído en un cardenal miembro del conclave, en principio nada impide que sea elegida una persona —incluso de condición laica— de fuera del mismo. Sólo se complicaría un poco el orden de los acontecimientos, pero el reglamento de Juan Pablo II (como, antes, los de sus predecesores) prevé en detalle cuál sería, en tal hipótesis, el modo de proceder. Sustancialmente, un compás de espera para que el recién elegido acudiese a la sede del conclave, ratificase la aceptación formal de la elección y, en el caso de que no fuera obispo, recibiese de inmediato la consagración como tal.

Cuando la elección se pone difícil

Pudiera ocurrir que los cardenales electores tropezasen con particulares dificultades a la hora de ponerse de acuerdo en torno a la elección de un determinado candidato. La constitución de Juan Pablo II ofrece sus salidas también para tal situación:

«En el caso de que los cardenales electores encontrasen dificultades para ponerse de acuerdo sobre la persona a elegir, entonces, después de tres días de escrutinios sin resultado positivo, éstos se suspenden al máximo por un día, para una pausa de oración, de libre coloquio entre los votantes y de una breve exhortación espiritual hecha por el primer cardenal del orden de los diáconos. A continuación se reanudan las votaciones según la misma forma y después de siete escrutinios, si no ha tenido lugar la elección, se hace otra pausa de oración, de coloquio y de exhortación, hecha por el primer cardenal del orden de los presbíteros. Se procede luego a otra eventual serie de siete escrutinios, seguida, si todavía no se ha llegado a un resultado positivo, de una nueva pausa de oración, de coloquio y de exhortación, hecha por el primer cardenal del orden de los obispos. Después, según la misma forma, siguen las votaciones, las cuales, si no tiene lugar la elección, serán siete» (n. 74).

«Si las votaciones no tuvieran resultado positivo, después de proceder según lo establecido en el número anterior, los cardenales electores son invitados por el camarlengo a expresar su parecer sobre el modo de actuar, y se procederá según lo que la mayoría absoluta de ellos establezca. Sin embargo, no se podrá prescindir de la exigencia de que se tenga una elección válida, sea con la mayoría absoluta de los votos, sea votando sobre dos nombres que en el escrutinio inmediatamente precedente hayan obtenido el mayor número de votos, exigiéndose también en esta segunda hipótesis únicamente la mayoría absoluta» (n. 75).

6
PAPAS Y SOBRINOS DE PAPAS

El historiador jesuita Miguel Batllori empieza la voz *Nepotismo* en una enciclopedia temática colectiva con la siguiente afirmación: «La excesiva protección o preferencia que algunos dan a sus parientes para los empleos públicos se ha manifestado *también* en los papas de algunos períodos».

Se garantiza la exactitud material y formal de la trascripción. Pero la cursiva del adverbio no está en el original. Es la palabra con cuyo matiz se está aquí en desacuerdo. Se hubiera juzgado más exacto decir que tal excesiva protección o preferencia se ha manifestado, *de manera muy especial*, en los papas de determinados períodos.

Acaso no esté de más decir —con perdón, si sonase a pedantería— que *nepotismo* viene remotamente del latín *nepos, nepotis* y, de manera más próxima (incluso a Roma, donde tanto se ejerció), del italiano *ne(i)pote*, que significa sobrino. De ahí arranca la palabra nepotismo. Tiene una alternativa, admitida por la Academia de la Lengua, en «sobrinazgo». Pero no ha logrado imponerse. Hubiera ganado en casticismo, no en expresividad.

No se extiende mucho el historiador jesuita en analizar las causas del nepotismo papal. En parte, son las de todos los nepotismos. En la circunstancia de los papas resultan más llamativas. Aquí se identifican con el hecho de que el papado haya llevado aneja, durante demasiados siglos, la gestión de dominios temporales. Un papado limitado al poder de las llaves, nada más, del reino de los cielos hubiera despertado menores apetencias y codicias.

Un buen conocedor del tema ofrece la siguiente y muy plausible explicación: «El nepotismo papal aparece como un aspecto recurrente de la política eclesiástica que permitía a los papas establecer un contexto de confianza del que también se servían las potencias políticas. Sin embargo, tal sistema no podía funcionar bien más que en un caso ideal.

La edad de los papas y el hecho de que la influencia de los sobrinos estuviese vinculada al período de gobierno de sus parientes imponían limitaciones tajantes que obligaban a acelerar el enriquecimiento, trocándose a menudo en motivo de corrupción. La historia de los papas de la Alta Edad Media está repleta de ejemplos de tal naturaleza. Para sus contemporáneos más piadosos, tales favores otorgados a los parientes constituían un motivo de escándalo. Los mismos papas los consideraban inoportunos, arrepintiéndose de ellos, por lo general, en el lecho de muerte. El análisis espiritual al que recurrían para desgravar sus conciencias oprimidas sólo parcialmente lograba consolarlos en la hora final» [19].

Durante diecisiete siglos más o menos, los titulares de la silla de Pedro manejaron demasiadas llaves que apenas tenían nada que ver con el remoto reino celestial. Más bien tenían que ver con reinos, principados, señoríos, condados y ducados más próximos. Bastantes de dichos papas prestaron mayor atención a los bienes materiales que administraban contingencialmente que a los espirituales que, desde antiguo, tenían confiados por divina delegación.

Dentro del nepotismo papal, existió a partir de Sixto V (1585-1590) una institución particular: la del cardenal-sobrino, también definido, no sin cierta expresiva ironía, «cardenal-padrone»: un sobrino del papa con más poder —temporal— que los demás. Estaba encargado de los negocios de la Santa Sede.

Hubo algún cardenal-sobrino que resultó excepcionalmente positivo para el papado. Tal fue el caso de Carlos (san) Borromeo, sobrino de Giangelo Medici, que como papa se llamó Pío IV (1559-1565). Al lado de este pontífice a partir de 1562, Carlos Borromeo se convirtió en activo reformador de la Iglesia mediante la aplicación de las decisiones del concilio de Trento. Pero, como dice Miguel Batllori, «el prestigio de ese cargo quedó ensombrecido por el abusivo ambiente nepotístico que se creó en torno a casi todos los papas de los siglos XVI y XVII».

Hubo también papas antinepotistas

La lista de tales papas es larga. Se supone que na-

[19] Georg SCHWAIGER, «I papi nell'età della Guerra dei Trent'Anni. Da Paolo V a Innocenzo X», en *Storia dei Papi*, págs. 505-506, San Paolo, Cinisello-Balsamo 1994.

die la pretenda aquí exhaustiva. No es ya sólo que atrae más decir el pecado sin el pecador. Es que, si bien las modalidades y grados del nepotismo fueron distintos, la exhaustividad ocuparía más espacio del disponible, amenazando además con una cierta monotonía.

Tampoco es el caso de caer en un excesivo maniqueísmo. Históricamente no es dado olvidar el posible pecado. Si objetivamente lo fue —parece que de verdad sí—, ya debe estar perdonado. A fin de cuentas, la institución que por sus representantes lo cometió, lo ha descontado abundantemente. Cuando menos en humillación y pérdida de prestigio, que norabuena hoy va recuperando.

¿Papas «nepotistas»? Un gran número de ellos: Inocencio IV (1243-1254); Nicolás III (1277-1280); Clemente V (1305-1314), que nombró cardenales a cuatro sobrinos; Clemente VI (1342-1352), con quien «el lujo, nepotismo y despilfarro de la corte aviñonesa alcanzaron nuevos topes»; Pablo III (1534-1549), de la familia Farnese, cuyo nepotismo «fue una muestra clara de hasta qué punto este papa permaneció prisionero de los abusos típicos del papado renacentista» (Erwin ISERLOH); Clemente VIII (1592-1605), un papa que, si por una parte «se confesaba diariamente y a diario también celebraba misa, durante la cual a menudo derramaba lágrimas de devoción, y por lo menos quince veces al año hacía la peregrinación de las iglesias de Roma», por otra, «pese a que de cardenal había condenado duramente el nepotismo, nombró cardenales, confiándoles la dirección de la Secretaría de Estado, a dos sobrinos suyos y dio cabida en el colegio cardenalicio al hijo de otro sobrino suyo, a pesar de que no tenía más que catorce años» (Georg SCHWAIGER); Pablo V (1605-1621), de la familia Borghese, que gracias a él se trocó «en una de las más ricas y potentes del Estado de la Iglesia»; Urbano VIII (1623-1644), de la familia Barberini, que dio ocasión a que alguien escribiese que «la fiesta del nepotismo dio comienzo en Roma en la época de Urbano VIII», mientras otro autor añade que «las donaciones hechas por este papa a sus parientes alcanzaron cifras de vértigo» (Georg SCHWAIGER); Clemente IX (1667-1669), del que se dijo que «si por una parte quiso romper con el mal hábito de buscar colocación a los parientes a costa del Estado, tenía dos sobrinos que no salieron nada perjudicados sino todo lo contrario» (Josef GELMI).

Habrá quien eche en falta en esta muy somera lista un nombre tan representativo de tal calificante (o su contrario) nepotismo como Alejandro VI. Por faltar, faltan de ella —¡por desgracia!— bastantes papas más a los que diferenciaron otras circunstancias de origen familiar y de contingencia político-religiosa, pero unió, con escasos matices diferenciantes, una escasamente ejemplar generosidad hacia sobrinos por lo general aún menos ejemplares.

Del papa oriundo de Xátiva (Valencia), sobrino a su vez de otro de igual procedencia levantina, se habla bastante en otras páginas. Por lo demás, su nepotismo tuvo características que bien hubieran justificado una denominación distinta, aunque no su conducta. Nuestro Rodrigo de Borja y Borja (1431-1503), cuya elección como Alejandro VI cuajó «gracias a intrigas simoníacas» (compra por dinero de favores espirituales o cargos eclesiásticos), aunque trató de ser espléndido en favores materiales con muchos parientes, con ninguno lo fue tanto como con sus propios hijos Juan, César, Lucrecia y Gofredo, nacidos de su relación con la aristócrata romana Vannozza de' Catanei.

Hubo, por suerte, entre los muchos papas nepotistas, ejemplarísimas excepciones —en parte, también por raras—, confirmativas de tan «irregular» regla. Fue excepción, por ejemplo, Benedicto XII (1334-1342), un antiguo monje cisterciense que, además de seguir llevando de papa el hábito del Císter, «en una época de desbocado nepotismo, permaneció totalmente inmune de él» (KELLY). Como lo fueron Nicolás V (1447-1455), un papa que, a pesar de haber inaugurado el ciclo de los papas renacentistas, «no se dejó rozar por el nepotismo» (KELLY); Marcelo II (1555), que para ser fiel a sí mismo, ni siquiera quiso cambiar el nombre, y «para evitar toda apariencia de nepotismo, prohibió a su numerosa parentela acercarse a Roma» (era oriundo de Montepulciano, en Toscana).

Hubo, incluso, dos papas que fueron «beligerantes» del antinepotismo. Uno de ellos fue Inocencio XI (1676-1689). El otro, su sucesor «nominal» Inocencio XII (1691-1700). Del primero refiere Gelmi que «aborrecía el nepotismo», por lo que «se abstuvo de reconocer a ningún cardenal-sobrino», mientras Kelly asegura que, «libre él mismo de toda apariencia de nepotismo, se empleó a fondo, aunque inútilmente, para que también los cardenales lo declarasen fuera de ley» [20]. De su homónimo con un numeral más se asegura que empezó por tomar como modelo al papa del que eligió el nombre; que era «devoto, caritativo y de vida sencilla» y que, mediante el decreto *Romanum decet pontificem* (Sienta bien al romano pontífice), «atacó de raíz al nepotismo, ordenando que en ningún caso debería el papa otorgar inmuebles, oficios o rentas a sus parientes», ni aunque éstos fuesen pobres, en cuyo caso «debería tratarlos de igual suerte que a los demás necesitados» (KELLY).

Gelmi asegura a su vez que fue Inocencio XII el que «suprimió la figura del cardenal-sobrino, y situó en su lugar, al frente de los asuntos de Estado, con carácter ya definitivo la figura del cardenal secretario de Estado». Aún fue más lejos en su radicalismo este representante napolitano de la familia Pignatelli, estableciendo que sólo un pariente del papa pudiese ser elevado al cardenalato, siempre supuesta la idoneidad, y con la asignación de un sueldo más bien modesto. Se asegura que los cardenales opusieron resistencia a admitirlo, pero que al fin consiguió hacerles aceptar el decreto.

[20] De la predisposición filonepotística de los cardenales hay un síntoma en la actitud del grupo liderado en el conclave del que saldría elegido —a sus 75 años de edad— Antonio Pignatelli como Inocencio XII (1691-1700) y que, por los antagonismos y vetos que intervinieron en su proceso, duró nada menos que cinco meses: 12 de febrero-12 de julio de 1691. El candidato del grupo de cardenales reformistas era el arzobispo de Padua, cardenal Gregorio Barbarigo (que fue canonizado por Juan XXIII en 1960), pero «su candidatura tropezó con la oposición de los cardenales Altieri y Ottoboni, que temían su actitud antinepotista» (Josef GELMI).

7
DURACIÓN DE ALGUNOS PAPAS. RÉCORDS MÁXIMOS Y MÍNIMOS

Hubo por lo menos 26 papas que murieron dentro del año en que fueron elegidos. Y unos cuantos, en el mismo mes.

Un papa reciente que murió al poco de haber sido elegido, y que por eso fue definido como «papa meteórico» por el cardenal Carlo Confalonieri, fue Juan Pablo I. Duró treinta y tres días, desde el 26 de agosto hasta el 28 de septiembre (1978). Fue encontrado muerto en la cama al amanecer. Había fallecido la noche anterior.

No fue, sin embargo, el más fugaz de todos. Más que él, con sólo doce días de supervivencia a su elección (15-27 de septiembre de 1590), lo fue Giambattista Castagna, elegido papa con el nombre de Urbano VII.

Pero no. Aún hubo un papa de menor duración. Una duración tan corta que tal papa... no llegó a «existir». Bueno: existir, sí. Fue elegido. Pero como las normas jurídico-canónicas de entonces contaban a partir de la coronación, y ésta, por haber muerto a los cuatro días —según algunos, en el mismo día— de ser elegido y antes de ser coronado, ni siquiera se contabiliza en la lista de los papas [21]. Pero existió. Era el presbítero romano Esteban. Al abrirle las puertas del cielo, bien pudo ser que san Pedro lo acogiera con un «¡Bienvenido, colega!».

Dióscuro (530: 22 de septiembre-14 de octubre), un papa sobre cuya legitimidad parece haber alguna ligera duda, sobrevivió veintidós días a su elección.

Bonifacio III (607) fue papa desde el 19 de febrero hasta el 12 de noviembre. Valentín (827) sólo lo

[21] Las normas vigentes en la actualidad hacen válida la elección desde el momento mismo en que, tras verificar el escrutinio, una vez pedida la aceptación del más votado (un voto más de los dos tercios, en el caso de que el número de cardenales votantes no sea fraccionable en tres partes iguales), si consiente, queda constituido en sumo pontífice de la Iglesia.

fue durante un mes, sin que conste día de comienzo y terminación, en agosto y septiembre. Sí hay constancia de un dato menos halagüeño: su temprana muerte se atribuye al desenfreno de su vida.

También Bonifacio VI (896), que sólo gobernó la Iglesia durante dos semanas, fue elegido papa por una «multitud soliviantada» tras haber sido «un sacerdote degradado».

El papa Romano (897), cuya ciudadanía —como la de un alto porcentaje de otros de la misma época— coincidía con la del nombre, lo fue por cuatro meses. Menos de un mes, ya que un día impreciso de diciembre del 897 fue elegido y murió, fue lo que permaneció en el trono pontificio su sucesor Teodoro II.

León V (903) gobernó la Iglesia dos meses aproximadamente, entre julio y septiembre, cuando un sacerdote intruso llamado Cristóbal lo metió en la cárcel, obligándolo a dimitir. Su casi homónimo León VI (928) fue papa entre mayo y diciembre, pero «estuvo completamente bajo la influencia de Marocia, senadora de Roma» (GELMI, o. c., 64).

Juan XVIII (1003), que se aprovechó del derrumbamiento del sistema imperial para hacerse elegir papa, no logró ocupar el trono pontificio más que de junio a septiembre. Dámaso II (1048), papa de origen bávaro, incapaz de soportar la canícula romana, nada más ser elegido (17 de julio), huyó en busca de mejor clima a los *Castelli romani*. Murió el 9 de agosto, probablemente víctima de una malaria, supuesto que no tenga más razón la fuente de la época que atribuye su muerte a una pócima que le propinó Benedicto IX.

Gregorio VIII (1187) duró cincuenta y siete días (21 de octubre-17 de diciembre) dejando en muchos, igual que el inolvidable papa Luciani, la añoranza de su paso fugaz por el trono papal. Sus contemporáneos lo juzgaron «demasiado bueno para este mundo» (íd., ib., 94).

Dos papas «fugaces» consecutivos: Inocencio V (1276), francés, duró cinco meses justos: 21 de enero-22 de junio. Y Adriano V (1276) duró treinta y ocho días: 11 de julio-18 de agosto.

Pío III (1503) sólo gobernó la Iglesia veintiséis días (22 de septiembre-18 de octubre). Tampoco cabía esperar que durara mucho más el candidato Francesco Tedeschini-Piccolomini que, sobre ser achacoso, se encontraba gravemente enfermo en el momento de su elección.

Como consecuencia de un enfriamiento contraído con motivo de la toma de posesión de San Juan de Letrán, falleció, apenas dieciséis días después de su elección, Alessandro Ottaviano dei Medici, papa con el nombre de León XI (11-27 de abril de 1605). A él le debe Roma la construcción de la *villa Medici*, en el Pincio.

El récord de Pío IX

Los papas que «tocaron» dos años han sido más numerosos: 31, salvo error.

En numeración hacia atrás: Pío VIII (1829-1830); Gregorio XIV (1590-1591); Adriano VI (1522-1523)[22], Benedicto XI (1303-1304), Juan XXI (1276-1277)[23], Anastasio IV (1153-1154), Lucio II (1144-1145), Celestino II (1143-1144), Gelasio II (1118-1119), Víctor III (1086-1087). Y bastantes más: Benedicto X (1058-1059), Benedicto IX (1057-1058), Clemente II (1046-1047), Gregorio VI (1045-1046)...

La lista de tales papas que «tocaron» (sin que necesariamente durasen) más de un año la inauguró Antero (235- 236) en el tercer siglo. La completaron en el mismo siglo Lucio (253-254) y Sixto II (257-258).

El hecho de unos pontificados que «tocan» dos años consecutivos entre comienzo y terminación deja abierta la posibilidad de una duración cronológicamente variada: desde un máximo de casi veinticuatro meses hasta un mínimo de... veintitrés meses menos.

Esteban IX, por ejemplo, papa entre el 3 de agosto de 1057 y el 29 del mismo mes del año siguiente, lo fue durante un año y veinte días.

Víctor III (24 mayo 1086-16 septiembre 1087) lo fue durante quince meses y unos días. A Gelasio II (24 enero 1118-28 enero 1119) le «sobraron» cuatro días de un año. Gregorio XIV (11 febrero 1590-16 octubre 1591) no cumplió un año material como papa. Antero (21 noviembre 235-3 enero 236) lo fue durante poco más de siete meses. Anastasio IV (12 julio 1153-3 diciembre 1154), durante diecisiete meses y unos días. Pío VIII (31

[22] Nacido (2 de marzo de 1459) en Utrecht, que entonces formaba parte del Imperio español, Hadrian Florenz era obispo de Tortosa (Tarragona) en el momento de su elección como sucesor de León X. Fue el último papa no italiano hasta 1978.

[23] Probablemente este papa fue uno de los homónimos en que se fijó el papa Roncalli, ya que afirmó haber elegido el nombre de Juan en razón de que la historia registraba varios papas de tal nombre que habían tenido pontificados breves, como preveía iba a ser el suyo, habiendo sido elegido con 77 años de edad.

marzo 1829-30 noviembre 1830), durante dieciocho meses aproximadamente.

Pero no es el caso de seguir con detalles tan nimios sino de irnos a la vertiente opuesta: la de las «duraciones» largas en el sumo pontificado.

El récord en este sentido le corresponde, con diferencia, a Pío IX, con treinta y dos años (16 de junio 1846-7 febrero 1878). El hecho tiene una explicación parcial: había sido elegido a los 54 años, una edad más bien joven para candidatos a tal supremo cargo. (No tenía muchos más —58— Karol Wojtyla cuando fue elegido en 1978).

La «dialéctica de los contrarios» que a veces actúa en los electores papales suele conducir a que tras un papa que ha tenido un pontificado largo sea elegido un sucesor que, por sus circunstancias de edad, deje entrever un pontificado de corta duración. Parece ser, no obstante, que no fuera del todo ése el criterio con que se le buscó sucesor, con Vincenzo Gioacchino Pecci, a Pío IX.

Nacido el 20 de febrero de 1810, tenía cerca de 68 años (bastantes, pero no demasiados) cuando fue elegido, el 20 de febrero de 1878, con el nombre de León XIII. Enjuto de carnes y de corta estatura, alcanzó una sorprendente —¡y fecunda!— longevidad, muriendo a los 93 años: el 20 de julio de 1903 [24].

Aunque se quedó a siete años de su antecesor,

---

[24] El pontificado de León XIII fue, en el mejor sentido, uno de los más revolucionarios de la Iglesia, representando un vuelco positivo, tanto político como doctrinal, con respecto al de su predecesor. Gioacchino Pecci fue un pontífice, para sus tiempos, doctrinal y socialmente avanzado. Alguna de sus encíclicas, especialmente la *Rerum novarum* sobre la cuestión social (1891), marcó una época. Se la seguiría conmemorando con otros documentos sociales relevantes, como la *Quadragesimo anno*, de Pío XI (1931), en su 40.° aniversario; la *Octogesima adveniens* (1971), de Pablo VI, en el 80.°, y la *Centesimus annus*, de Juan Pablo II, al cumplirse un siglo (1991).

Habiéndose ordenado sacerdote relativamente joven (28 años) y habiendo sido elevado joven también al episcopado (a los 33 años; a los 43 al cardenalato), León XIII tuvo la oportunidad de celebrar, durante sus veinticinco años de sumo pontificado, tres jubileos, que dieron lugar a grandiosas peregrinaciones a Roma de fieles procedentes de todas partes del mundo, en especial de Italia, España, Francia, Bélgica, Alemania, Inglaterra y Austria: las bodas de oro del sacerdocio (1888), las de oro también del episcopado (1893) y las de plata de pontificado sumo (1902).

Alcanzó tal longevidad este pontífice, que se cuenta que un cardenal de la Curia convirtió en ironía jocosa la expresión: «Nos habíamos propuesto elegir a un santo padre, no a un padre eterno». Por su parte, a pesar de las felicitaciones que iba recibiendo con motivo de sus jubileos, el anciano pontífice era conscon sus veinticinco años largos de pontificado sumo, León XIII ocupa el segundo puesto en cuanto a duración.

Hubo algunos papas más que superaron los veinte años de pontificado. Entre otros, y salvo error, León I, con veintiún años (440-461); Pío VI (1775-1779), también con veintiuno; Adriano I, con veintitrés (772-795); su sucesor inmediato León III, con veintiuno (795-816); Alejandro III, con veintidós (1159-1181); Urbano VIII, con veintiuno (1623-1644); Clemente XI, con veintiuno (1700-1721); y Pío VII, con veintitrés (1800-1823).

Se acercaron a los veinte años, entre otros, el español Dámaso I (san), con dieciocho años (366-384); Pío XI, con diecisiete años (1922-1939); y su sucesor inmediato, Pío XII, con diecinueve (1939-1958).

---

ciente de que su final se acercaba. Pocos meses antes de su muerte, en un latín que dominaba a la perfección, escribió un breve poema que empezaba así: *Fatalis hora ruit, Leo; / iam tempus abire est* (Suena ya, León, la hora fatal / es tiempo ya de partir).

8
LOS PAPAS QUE RENUNCIARON A SEGUIRLO SIENDO

Aunque al final no lo hizo, hay elementos muy verosímiles para pensar que Pablo VI tuvo intención decidida y seria de renunciar al papado. De que el primer paso para ello lo dio al establecer que, una vez alcanzados los 80 años, los cardenales fuesen considerados inhábiles para intervenir en el conclave como electores. Otro paso en la misma dirección entendía que fuese la norma que él mismo fijó, siguiendo directrices imprecisas del Vaticano II a través del decreto *Christus Dominus* sobre el ministerio de los obispos [25], de que pusiesen a disposición sus cargos —presentasen la dimisión de ellos— una vez alcanzados los 75 años de edad. Y en parte también, aunque eso apuntó más a una reforma efectiva de la Curia romana, que por ahí fuese dirigida la cadencia quinquenal fijada para los cardenales propuestos para la presidencia de los dicasterios o congregaciones romanas.

Quiso renunciar, pero se vio moralmente impedido de hacerlo por su propio entorno. Lo documentan con suficiente elocuencia, entre otros, dos «vaticanólogos» de la solvencia de Carlo CREMONA y Giancarlo ZIZOLA [26].

Aunque en su caso las motivaciones hubieran sido algo diferentes y hubieran constituido un ejemplo de poco menos

---

[25] La directriz del Vaticano II se expresaba en estos términos, a los que el documento de Pablo VI daría concreción: «Siendo de tanta importancia y de tamaña gravedad el oficio pastoral de los obispos, si, por el peso de la edad o por otra circunstancia grave, se hicieren los obispos diocesanos y otros equiparados a ellos en derecho menos aptos para desempeñar su oficio, con encarecimiento se les ruega que, espontáneamente o invitados por la autoridad competente, presenten la renuncia a su cargo» (n. 21).

[26] Véase, del primero, la biografía *Paolo VI*, Rusconi, Milán 1991, págs. 238-239; de G. ZIZOLA, el ya citado *Quale papa?*, Roma 1977, pág. 82.

que obligada imitación para sus sucesores, a tono con los tiempos, no hubiera carecido de precedentes.

No es lo mismo, obviamente, destitución o deposición que abdicación o renuncia. La diferencia entre una y otra es esencial: la que va entre algo que se sufre por la fuerza, física o moral, y algo que se realiza por propia —mayor o menor, según los casos— voluntad.

Entre unos y otros hechos (deposición o renuncia), la historia del papado registra por lo menos nueve casos. El primero fue el de Ponciano, que abdicó el 27 de septiembre del 235, habiéndose visto constreñido al destierro en Cerdeña por la persecución del emperador Maximino Tracio. Quiso dejar expedito el camino a su sucesor, que fue Antero (235-236).

Silverio (536-537) fue depuesto por Belisario en el 537 y renunció poco después. Benedicto V (967) fue depuesto por Otón I. Benedicto IX renunció en el 1045 para recuperar la suma de dinero invertida para ser elegido en el 1032. Benedicto X (1058-1059) fue depuesto por el sínodo de Sutri para dejar paso a Nicolás II (1058-1061), «contrapapa» elegido por un grupo distinto. Silvestre III (1046) fue también depuesto por el sínodo de Sutri, por voluntad, igual que en el caso anterior, de Enrique III. Aquel sínodo, protagonizado también por Otón I, decidió la destitución de Gregorio VI (1045-1046).

Pero la renuncia más célebre de todas ha sido la de Celestino V (1294). Lo movieron razones de humildad, que de hecho tuvieron su fundamento: la voluntad de complacer a todos le restó eficacia en su tarea. Tras renunciar, se retiró a un monasterio, donde murió dos años después. El poeta italiano Petrarca elogió su gesto. Su paisano, no menos famoso, Dante Alighieri, lo «descubrió» poéticamente en el infierno, identificándolo bajo la imagen del anciano que «por cobardía llevó a cabo la gran renuncia»[27]. Más comprensivo hacia su gesto fue el papa Clemente V, que lo canonizó. Y Pablo VI, que el 1 de septiembre de 1966 visitó y oró sobre su tumba, en

[27] Junto, quizá, con aquellos en que define a la Virgen *umile ed alta più che creatura* («más humilde y sublime que criatura alguna»), son los versos más citados de la *Divina comedia*, que componen esta estrofa completa: *Poscia ch'io v'ebbi alcun riconosciuto / vidi e conobbi l'ombra di colui / che fece per viltade il gran rifiuto* (No habiendo reconocido a nadie / vi e identifiqué la sombra de aquel / que por cobardía llevó a cabo la gran renuncia) (Inf. canto III, versos 58-60).

Santa Maria di Collemaggio (L'Aquila) [28].

Después de Celestino aún se produjo una renuncia: la de Gregorio XII (1406-1415), elegido a la edad de 80 años. Tras resistir diez en el pontificado, renunció a los 90, estimulado por el deseo de despejar la situación enturbiada por la presencia del antipapa Benedicto XIII.

[28] Aquella visita desató especulaciones sobre la voluntad del papa Montini de dimitir del papado. Que tal dimisión no se llevase a efecto no implica que tales especulaciones careciesen de fundamento ni Pablo VI de disponibilidad para hacerlo. Es probable que razones de otra índole, más bien externas a él, hayan disuadido a dicho papa de realizar algo que deseó sincera y seriamente, no tanto por cobardía, sino por deseo de autenticidad.

9
PAPAS: NACIONALIDADES Y ETNIAS

En una contabilización de los papas por su origen que asegura en nota a pie de página haber sacado de una obra de Patrick DU LAUBIER [29], el ya conocido Peter Hebblethwaite establece la siguiente proporcionalidad: Roma, 37,5 %; Italia (excluida Roma), 40,9 %; Grecia y Asia Menor, 6,8 %; Europa, excluida Italia, 12,5 %; otros (o desconocidos), 1,2 %.

Para este trabajo se ha realizado otra contabilidad, dando por sentado el hecho de que el total de papas (legítimos, antipapas excluidos) hasta Juan Pablo II han sido 264 [30]. Los datos que se han entresacado varían un poco con respecto a los citados por Hebblethwaite, acaso porque varían también los criterios.

Siguiendo el *Anuario pontificio 1994*, se ha fijado aquí un criterio conscientemente discutible, aunque histórica y... vaticanamente autorizado, de lo que se entiende por Roma, que en este caso parece más bien limitada a la Roma estricta, casi Roma ciudad, considerando como «no Roma» lo que posiblemente merecería observación diferente: Albano, Tívoli, Genezzano, Segni, Gavignavo, Sabina, Velletri, Ostia, Palestrina, Ardea, de donde procedieron un cierto número de papas, si no son en puridad Roma, son afueras más o menos cercanas, o por lo menos Lacio: más que genéricamente Italia.

En todo caso, expuesto tal cuestionable criterio, ya está autorizado expo-

---

[29] Se trata de *Sociologie de l'Église catholique*, Éditions Universitaires, Fribourg 1993.

[30] Otros tantos resultan ser, incluidos igualmente san Pedro como primero y Juan Pablo II como, provisionalmente, último, los diseñados en medallones de mosaico, por riguroso orden cronológico, en la parte superior de las cinco naves de la basílica de San Pablo Extramuros, y que constituyen uno de los atractivos, cuando menos como curiosidad histórica, para los visitantes de la hermosísima basílica romana, donde el 25 de enero de 1959 Juan XXIII dejó caer, en espontánea primicia, el anuncio de la convocación de un concilio ecuménico que habría de ser el Vaticano II (1962-1965).

ner los datos de esa contabilidad particular. Resulta de ella que los papas romanos en sentido estricto (romanos de... Roma) han sido 106; los de Italia, 97; franceses (Aquileya, Alsacia, Lorena, Borgoña...), 16; griegos, 12; sirios, 4; alemanes, 4; españoles, 3; portugués, 1; inglés, 1 también; holandés, 1 igualmente; de origen geográfico desconocido o incierto hay 4 o 5; africanos, unos cuantos (4 o 5); dálmatas, 2. Y un polaco: Juan Pablo II.

¿Cabe atribuir alguna importancia, por simple chauvinismo, a la nacionalidad y/o etnia de los papas? No parece muy el caso. Se trata de simple curiosidad vagamente instrumental.

Se explica, histórica y sociológicamente, que el entorno geográfico inmediato a la sede del papado haya dado lugar a un número mucho más relevante de papas. A partir de que, por razones divinamente incomprensibles pero humanamente razonables, el papa elegido para primer apóstol fuese, sin que desde entonces haya habido otros, de origen judío, como quien lo eligió.

Entre tantos, en los primeros tiempos y en los a éstos más próximos sobre todo, ya se ha dicho, los ha habido de excepcional mérito y santidad reconocida. Que entre tantos también, excluidos los de esos dos períodos extremos, haya habido algunos de escasa ejemplaridad, aunque con —nunca mejor dicho— sus honrosas excepciones, resulta también comprensible.

Tres papas españoles: uno santo y dos que no lo fueron

Más de cerca tocan aquí, antes de señalar a los de otras etnias y nacionalidades, los que la tuvieron española. Uno de ellos, Dámaso I (366-384), está reconocido como santo. Su fiesta «cae» el 11 de diciembre, aniversario de su muerte.

Pero aunque ningún autor español la cuestionaría, no todos los historiadores atribuyen a san Dámaso la nacionalidad hispana. Hay que aludir al hecho, como pretexto también para hablar un poco más de un papa con muchas y reconocidas probabilidades de haber sido español. Ante todo resulta gratificante, como compensación al evento en absoluto positivo de algún otro papa español al que habrá que aludir, que la «literatura oficial» del Vaticano sobre el tema (entiéndase, en primer lugar, el *Anuario pontificio*...) ni remotamente se cuestionen, sino que llanamente afirman, la «españolidad» del papa (san) Dámaso I.

Con respecto a quienes disienten más o menos expresamente y para limitarnos a los dos autores más seguidos para este trabajo, el surtirolés Josef Gelmi manifiesta sus dudas al respecto, expresadas con un interrogante colocado tras el gentilicio «español». Nelly deja caer, como primera expresión de su breve reseña, un *born in Rome* que no dejaría lugar a dudas, aunque sólo sea respecto a su personal punto de vista: nacido en Roma. Fija como fecha de su nacimiento, nada más que aproximada, el año 305, la misma que le atribuye Gelmi, relativizada con un *hacia* que resta exactitud a la cronológica. Aclara también que era hijo de un presbítero (lo que nada tiene de extraño, ya que los presbíteros por entonces no eran necesariamente célibes), que tenía una hermana llamada Irene, que fue fiel en su ministerio diaconal al legítimo papa Liberio, y que, tras la muerte de este papa, él fue elegido por una gran mayoría para sucederle en tanto un grupo minoritario rival eligió como antipapa a Ursino (366-367), desatándose entre ambos grupos una pelea que produjo como consecuencia un centenar de muertos. Con el fin de evitar para lo sucesivo episodios de similar naturaleza, Dámaso solicitó la colaboración de los poderes civiles en la defensa de las leyes eclesiásticas. Pudo de hecho contar con ella, ya que el emperador Teodosio emanó un decreto (380) imponiendo que todos los súbditos del imperio aceptasen la religión transmitida por Pedro tal como la profesaba su sucesor Dámaso.

En el plano cultural, corresponde al papa Dámaso el mérito de haber encargado a San Jerónimo la traducción de la Biblia al latín, lo que dio origen a la versión llamada la *Vulgata*. Lleva también el nombre de este papa probablemente español el conocido *cortile* (patio) de San Damaso del Vaticano.

Séalo o no, que norabuena sí, un digno y santo pontífice del que España se vanagloria y, aun antes que España, la cristiandad entera. Otros dos hubo, Calixto III (1455-1458) y Alejandro VI (1492-1503), cuya españolidad nadie se cuestiona. Valencianos ambos de origen, los dos nacidos en Játiva, entonces como ahora mejor expresada por Xátiva (con equis). El primero en 1378; el segundo, sobrino del anterior, en 1430.

Uno llamado, en civil, Alonso de Borja. El otro, en civil también, llamado Rodrigo de Borja. Más conocidos ambos, el sobrino especialmente, tras su larga y exitosa (!) «italianización», como *Borgias*, con lo que quedan felizmente diferenciados de un pariente reconocidamente santo: uno de los primeros compañeros del fundador —Íñigo de Loyola— de la *Pequeña Compañía*, que en realidad se trocaría en grande, *de Jesús*: Francisco de Borja.

Digamos algo de Alonso de Borja, es decir, Calixto III, en primer lugar. Su elección sirvió, como en numerosas ocasiones, para resolver un *impasse*. Las rivalidades entre representantes y aliados de Colonnas y Orsinis habían bloqueado la situación a la hora de buscar sucesor a Nicolás V (1447-1455). Los grandes favoritos, Barbo, Trevisan, Besarión, no veían concretarse sus posibilidades.

Los cardenales optaron por una solución de compromiso. No era la primera ni habría de ser la única: con miras a un más próximo retorno de las posibilidades que unos y otros veían esfumadas de momento, optaron por un cardenal ya entrado en años: el tal Alonso de Borja, de 77, que —¡Pero Grullo!— eran los mismos que los que tenía, en 1958, el candidato más anciano de los últimos tiempos, llamado Roncalli-Juan XXIII.

El valenciano no era mala persona, pero tampoco una eminencia. Quizá más bien un buen intermediario. Eugenio IV (1431-1447) le había conferido la púrpura (se da por supuesto que ya se llevase, si no en color, cuando menos en símbolo) en agradecimiento por haber contribuido a la reconciliación del rey Alfonso VI de Aragón con la sede apostólica.

El simple hecho de ser papa ya lo habría hecho pasar a la historia, como ha ocurrido. Pero no porque en su, por otra parte, breve pontificado hubiese llevado a cabo grandes obras. Su obsesión era liberar a Constantinopla de los turcos, para lo cual estaba dispuesto a sacrificar todas las obras de arte del Vaticano, que no le producían el menor embeleso, hasta el punto de exclamar —hay quien afirma— con ira y decepción, nada más tomar posesión de los palacios papales y descubrir manuscritos y cuadros por predecesores suyos reunidos y admirados: «¿Y en esto se ha empleado el tesoro de la Iglesia de Dios?».

No tuvo la suerte de pasar a la historia como libertador de Constantinopla. Pasó por algo menos glorioso: su nepotismo, fruto del cual fue el nombramiento de dos sobrinos muy jóvenes, uno de ellos el ya mencionado Rodrigo (depravado, dice la historia, antes, durante y después), como cardenales.

El cual, a pesar de su depravación, le sucedería. Tuvo que dar paso, por ser todavía muy joven, a cuatro papas, todos de nacionalidad italiana: Ennea Silvio Piccolomini, o sea, Pío II (1458-1405); Pietro Barbo (uno de los cardenales que vieran esfumadas sus «probabilidades» en el conclave anterior), es decir, Pablo II (1464-1471); Francesco della Rovere, a saber, Sixto IV (1471-1484); y Giovanni Battista Cibo, es decir, Inocencio VIII (1484-1492).

No le adornaban cualidades especiales para suceder a éste, salvo la fama de ser «el cardenal más rico de su tiempo». También: padre natural de cuatro hijos, todos reconocidos, habidos de su relación nada secreta con Vannozza de' Catanei: una mujer que, a pesar de y con los tres hijos habidos del antiguo cardenal terminado en papa, contraería tres matrimonios sucesivos; el segundo tras anulación del primero; el tercero tras asesinato del segundo marido a manos de uno de los hijos cuyo padre ya era papa...

Un papa con hijos, tal papa y con hijos tales, tenía más razones (o pretextos) para el nepotismo. No es que Alejandro VI, el «papa Borgia», enriqueciese a su primogénito César con ducados o prebendas: lo nombró, ¡a los 17 años!, arzobispo de Valencia y cardenal.

Transcurridos unos años, César dejó la vida eclesiástica y se enroló en la carrera de las armas y del crimen, que le atraía más. Su padre entre tanto había entablado relación amorosa con una bella joven —Giulia— de la familia Orsini. Contra el ambiente de corrupción reinante surgió una voz profética: la del dominico Gerolamo Savanarola, que afrontó el riesgo de la excomunión levantándose contra un papa simoníaco e infiel y que pagó su coraje con la muerte en la hoguera (23 de mayo de 1498). Contemporáneo de Isabel y Fernando, así como de la gesta descubridora de Colón, fue Alejandro VI quien sancionó la doble área de influencia hispana y portuguesa en los territorios descubiertos de ultramar.

10
ESPAÑA Y LOS PAPAS (Y VICEVERSA)

La institución del papado tiene casi veinte siglos. Lo que hoy se entiende por España no es exactamente lo que se entendió en otros tiempos. No es necesario andarle al lector con precisiones más o menos obvias. Hubo algunos siglos en que España fue imperio. Comprendía media Europa, con territorios en Italia (Sicilia, Nápoles, Milán...) limítrofes de los del (y apetecidos por él) papa. Y en Alemania, Holanda. Aparte de territorios de allá del océano: tanto que en ellos lucía el sol en tanto en la metrópoli era de noche. Y viceversa.

Pero antes hubo siglos también en que Hispania estaba dividida políticamente en trozos, generalmente enfrentados entre sí, que eran poco más, en algunos casos menos, que las autonomías de ahora. Incluso, había porciones abundantes de aquella Hispania ocupada por gentes llegadas de lejos. Invasores de otras etnias y religiones: bárbaros y musulmanes. Todo ello huelga explicarse en detalle. Sirve apenas recordarlo sucintamente para que el lector lo tenga como contexto.

También el papado evolucionó en sus circunstancias externas. Y en su propia autoconcepción, cosa en parte más sorprendente. Evolucionó más o menos al ritmo lento del mundo en que se fue viendo inmerso. Fue víctima de su propia, en parte equivocada, autoconcepción. Actuó como una potencia económica y política, con anhelos de serlo aún más y para siempre. Y tuvo que pasar por la humillación de que los poderes terrenales se fijasen más en lo que política y económicamente valía (o parecía equívocamente valer) que en lo que, en profundidad, representaba. Que en lo que, en origen y por esencia, hubiera debido ser.

La Hispania inicialmente fragmentada y en lucha por recuperar su autonomía territorial y política; la España más tarde imperio —casi— peninsular, continental y ultramarino; la España por fin apeada del sueño imperial y ensimismada en la pesadilla humillante del desgaste humano y económico; una España evolucionada también, no siempre para mejor, desde una óptica prevalentemente religiosa, ha ido adoptando actitudes gradualmente distintas con respecto a los pontífices de Roma.

Casi todos los papas que han venido (y siguen) ocupando la silla del primer pontífice romano han tenido contactos, y a la inversa, con este país y con sus moradores: a partir de la evangelización (por los apóstoles, Pablo seguramente, y Santiago, con probabilidad). Contactos a través principalmente de las jerarquías eclesiásticas y políticas. Abundantes, tales contactos, en algunos momentos de una historia compleja; más escasos, en otros.

Descender al detalle, incluso de los papas y contactos más destacados, ocuparía mucho espacio. Con riesgo de cierta reiteración. Hubo contactos, hasta cierto punto al menos, similares a otros. Las circunstancias, distintas en parte, en parte también se repiten.

La circunstancia, reiterada con abundancia en tiempos del imperio, mayormente de Felipe II, de la injerencia por parte de la Corona imperial (a través, obviamente, de cardenales españoles o prohispanos) para imponer a sus candidatos. Injerencia «contrarrestada» (¡un decir!) por la de los franceses, que superaron bastante, de manera incluso más negativa, lo que hizo España. Lo de ellos fue más prolongado y reiterado, aun haciendo capítulo aparte de lo de Aviñón. (También Alemania, por el siglo XII —dinastía de los Hohenstaufen—, condicionó negativamente al papado. Y antes, a lo largo de más de un siglo —V y VI— lo había hecho Bizancio).

No es el caso de perderse en comparaciones. Tales injerencias se pueden explicar y, en parte, dadas las circunstancias y las épocas, llegan a casi justificarse un poco. Lo que no se puede es sentir orgullo de ellas. Sería poco menos que infantil.

La conversión cristiana de Recaredo

Lo dicho: casi todos los papas, de todas las épocas, estuvieron en contacto con Hispania a través de sus jerarquías eclesiásticas y políticas. Todos ayudaron a resolver alguna situación difícil, de asesoramiento o arbitraje unas veces; de disciplina (lo contrario, más bien), otras. Hechos todos susceptibles de descripción, pero que harían este capítulo interminable. Y no es el caso. Basta reflejar lo principal, a manera de ejemplificación de algo más permanente, con origen y destino en un país de formal, no siempre pacífica, adscripción cristiana.

Aunque ya Esteban I (314-335) aparece relacionado con España [nombró al obispo Osio de Córdoba legado suyo en el concilio de Nicea (325), donde se condenó el arrianismo, que negaba la divinidad de Jesús], aquí se empieza reseñando la preocupación de (san) Dámaso I (366-384) por la ortodoxia de la fe. Salió al paso de una herejía nacida en Hispania, que se extendió también al sur de la Galia: el priscilianismo (negaba las tres divinas personas y atribuía a Jesús un cuerpo aparente).

Cierta tendencia a la autonomía de ritos y leyes por parte de la comunidad hispana fue lo que intentó atajar Inocencio I (401-417): aprovechando que estaban reunidos en el primer concilio de Toledo, invitó a los obispos hispanos a sintonizar con los usos litúrgicos y canónicos de la Iglesia primacial romana.

En reconocimiento de su jurisdicción sobre toda la Iglesia, el obispo metropolitano Ascanio de Tarragona elevó quejas al papa Hilario (461-468) contra el obispo Silvano de Calahorra. Tras analizarlas, el papa intervino en defensa de los derechos del metropolitano, prohibiendo a los obispos designar a sus sucesores.

Durante el pontificado de Pelagio II (579-590) se produjo la conversión al cristianismo del rey visigodo Recaredo junto con todos sus súbditos, hasta entonces «arrianos», acontecimiento por el que el papa expresó gran complacencia con ocasión del tercer concilio de Toledo (587). La íntima felicidad por el fausto acontecimiento se prolongó al pontificado de su sucesor Gregorio I (590-604), que mantuvo excelentes relaciones con Recaredo y con san Leandro de Sevilla, «instrumento» de tal conversión y hermano de san Isidoro.

Si Honorio I (625-638) vivió (y expuso a los obispos de la península) el intenso deseo de la conversión de los judíos de España al cristianismo, Benedicto II (684-685) tuvo problemas con España, por cierta tendencia autonomista de la Iglesia visigoda. Recién terminado el tercer concilio de Constantinopla con la condena del monotelismo (afirmación de que en Cristo existe una sola voluntad), el papa notificó, para que las ratificasen, las conclusiones a los obispos reunidos en el decimocuarto concilio de Toledo. Los obispos lo hicieron, pero no sin someterlas a un minucioso análisis crítico y enviar al papa una opinión propia. Recibió críticas de Benedicto II, a las que correspondió con cierta altivez el metropolitano de Toledo.

Pese a la escasa buena fama de que gozó su pontificado, Juan XII (955-964) vio reconocidas sus atribuciones primaciales por parte de la Iglesia española, que recurrió a su consejo para saber cómo debía actuar frente a los dominadores musulmanes.

Se contabiliza como un éxito de la gestión pontificia de Gregorio VII (1073-1085) el haber conseguido de Alfonso VI de Castilla (1072-1109) que decretase la utilización, en su reino, en sustitución del rito mozárabe, de la liturgia empleada en Roma, como ya ocurría en Aragón.

Urbano II (1088-1099), además de estimular la reconquista y extender la soberanía feudal de la sede apostólica sobre Aragón y Cataluña, reorganizó el país bajo el aspecto eclesiástico, restituyendo a Toledo el carácter de diócesis primacial.

Honorio III (1216-1227) logró convencer a Jaime I de Aragón (1213-1276), pero también a Felipe II de Francia (1179-1223) y a Enrique III de Inglaterra (1216-1272), para que participasen en la quinta cruzada (1217-1221), que se trocó en fracaso. En 1218 patrocinó otra contra los moros en España.

Las fobias de algún papa francés (y de alguno más que no lo era)

Alejandro IV (1254-1261) apoyó a Alfonso X de Castilla (1252-1261) en su reivindicación del reino de Sicilia. Su sucesor, Urbano IV (1261-1264), fue incapaz de pronunciarse cuando el mismo rey, enfrentado con Ricardo de Cornualles (1209-1272), recurrió a su arbitraje. Una situación análoga, de estéril demanda de arbitraje, volvió a repetirse con Nicolás III (1277-1280) ante un contencioso entre Alfonso X de Castilla y Felipe III de Francia (1270-1285).

El francés Martín IV (1281-1285) fue, además, un papa desfachadamente francófilo. Ofreció a Carlos de Anjou (1264-1265) el reino de Sicilia, excomulgando para ello y no reconociendo los derechos al mismo reino por parte de Pedro III de Aragón (1276-1285).

Honorio IV (1285-1287), algo menos francófilo que su predecesor, prosiguió en la descarada defensa de los intereses de la familia de Anjou sobre Sicilia. Brindó apoyo moral y ayuda financiera a Felipe III de Francia (1270-1285) en lo que éste definía como una cruzada para hacerse coronar como rey de Aragón, tras la deposición de Pedro III. La «cruzada» fue un fracaso. A pocos días uno de otro, fallecieron el rey aragonés y el angevino. A Alfonso le sucedió su hijo mayor, Alfonso III, en el trono de Aragón (1285-1291); y el menor, Jaime, en el de Sicilia (1285-1295). Entre tanto, habiendo Alfonso III firmado un armisticio con Francia gracias a la intermediación de Eduardo I de Inglaterra (1272-1307), hubiera cabido esperar que el papa Honorio retirase la excomunión a Alfonso. No se apeó de la convicción de que Sicilia pertenecía a Anjou: excomulgó a Jaime cuando se hizo coronar en Palermo (1286) y montó en cólera al enterarse de que el heredero de los Anjou, Carlos II, que había caído prisionero de Pedro III de Aragón, había renunciado al trono de Sicilia en favor de Jaime para recuperar la libertad.

Las cosas no fueron mejor para Aragón con Nicolás IV (1288-1292), el primer franciscano convertido en papa. Empezó intentando que Aragón devolviese Sicilia a la casa de Anjou. Quiso conseguirlo por la fuerza, organizando contra la Corona aragonesa una alianza de Castilla con Francia; declaró nulo el Tratado de Canfranc (1288), que había confirmado a Jaime de Aragón como rey de la isla (1285-1295), y sólo levantó la excomunión que pesaba sobre Alfonso III cuando éste se comprometió a no ofrecer ayuda a su hermano Jaime de Sicilia. El efecto del chantaje duró poco: al morir Alfonso en 1291, Jaime se convirtió en rey de Aragón y de Sicilia.

Dado el condicionante francófilo, no podía esperar mucho España de los papas de Aviñón: Clemente V (1305-1314), Juan XXII (1316-1334), Benedicto XII (1334-1342), Clemente VI (1342-1352), Inocencio VI (1352-1362), Urbano V (1362-1370) y Gregorio IX (1370-1378).

Si se dice que de los cardenales que nombró Juan XXII todos eran franceses a excepción de cuatro romanos y —¡oh generosidad!— un español, de Gregorio XI se asegura haber llegado más lejos: apenas si creó cardenales que no fuesen franceses. (Durante la última parte de la permanencia aviñonesa de los papas desarrolló una destacada labor al servicio del papado y de su regreso a Roma el cardenal español Gil de Albornoz).

La época de los dos papas Borgia

Calixto III (1455-1458) fue el primero, no el peor, de los dos papas Borgia. Calixto había sido, entre otras cosas, secretario de Alfonso V de Aragón, rey también de Nápoles, que se trocó en su mentor, posiblemente nada desinteresado. Convertido en papa, se enfrentó con su antiguo patrón cuando éste mostró mayor preocupación por montar su guerra particular contra Génova en defensa de sus intereses territoriales que en secundar una cruzada contra los turcos. El conflicto pasó a mayores cuando, a la muerte de Alfonso, Calixto pretendía que la corona de Nápoles pasase a un sobrino suyo en lugar de a Fernando I (1458-1494), hijo de Alfonso.

Aunque corta, la época de los Borgia supuso un período de influencia española en Roma. Calixto nombró para puestos de confianza, como la defensa del Estado papal, a oficiales españoles; a su sobrino Pedro Luis lo hizo gobernador del Castel Sant'Angelo y prefecto de Roma; a su otro sobrino, Rodrigo (más tarde Alejandro VI), lo nombró cardenal y vicecanciller de la Curia. Pero se hace notar que si bien los candidatos de los Borgia dominaron la corte papal, los beneficios que se les asignaron más eran españoles que italianos.

Uno de los cuatro papas que se sucedieron entre los dos Borgia tío y sobrino, Sixto IV (1471-1478), contrajo una razón de particular mérito (?) en la historia de España: en 1478, a solicitud de los Reyes Católicos, estableció la Inquisición, y aunque en 1482 trató de controlar sus abusos, en 1483 confirmó a su frente a un dominico de... nada feliz «recordación»: Tomás de Torquemada (1420-1498): él mismo de origen converso, fue un perseguidor despiadado de los judíos.

Otro de tales papas «intermedios», Inocencio VIII (1484-1492), experimentó tal sensación de júbilo cuando Fernando V de Aragón e Isabel I de Castilla, la pareja real que con su matrimonio había unido Aragón a Castilla (1474-1504), lograron expulsar a los moros de Granada (1492), que les concedió el título de *Reyes Católicos* a perpetuidad (para ellos y para sus sucesores).

Y el segundo gran Borgia: Alejandro VI (1492-1503). Algunas «providencias» suyas relacionadas con España están ya mencionadas. El nombramiento, en primer lugar, de su hijo César como «obispo prodigio» (¡a la edad de 17 años!) de Valencia, y como, también, un año más tarde, «cardenal prodigio». (Nombró asimismo cardenal a Alessandro Farnese, hermano de Giulia, su ama de llaves. O más bien su amante).

En el terreno político,

Alejandro VI se dejó llevar por intereses que poco tenían que ver con el gobierno religioso de la comunidad cristiana, sino con la veleidad de sus miras temporales. El reconocimiento, a la muerte de Fernando I (1458-1494), de su hijo Alfonso como rey de Nápoles, lo enfrentó con el emperador Carlos V, que invadió Italia decidido a deponer al papa. Alejandro VI tuvo que pactar con el emperador, para el que la conquista de Nápoles se redujo a un paseo. Pero el gesto más espectacular protagonizado por este papa con respecto a España fue el esfuerzo de solución del conflicto hispano-portugués por los territorios de ultramar, fijando en 100 leguas al oeste de las Azores y Cabo Verde la línea de demarcación de las tierras colonizables por la España de los Reyes Católicos y el Portugal de Juan II. Como la repartición favorecía más a España, Portugal exigió una rectificación que se llevó a cabo en el Tratado de Tordesillas (1494) y que fijó la línea de demarcación 370 leguas más al oeste.

El Imperio y los papas

Adriano VI (1522-1523) no era español, pero casi. Elegido por Maximiliano como tutor de su nieto Carlos V (1519-1556), fue encargado de supervisar las condiciones para su acceso al trono de España. Y actuó como regente, junto con el cardenal Cisneros, a la muerte de Fernando el Católico, hasta que Carlos asumió el trono en 1517. El propio emperador fue quien solicitó para él, que era ya inquisidor de Navarra, Castilla y León, el cardenalato. Y quien virtualmente le allanó el camino para la elección papal. A pesar de ello, no fue todo lo hispanófilo que Carlos V hubiera deseado. Hasta el punto de que el emperador llevó a mal el esfuerzo de neutralidad de Adriano VI cuando él quiso organizar una liga contra el emperador Francisco I de Francia (1515-1547).

Carlos V siguió influyendo todo lo que pudo (¡y los dominios de su imperio le daban mucho poder!) en elecciones posteriores. Por ejemplo, en la de Giulio de' Medici como Clemente VII (1523-1534). Lo que no significó que de papa se dejase llevar con exceso por ningún particular deber de gratitud. En el tema de la oposición del emperador con Francisco I, también se mantuvo neutral, más interesado en una imposible armonía de los príncipes cristianos entre sí para defender a Occidente contra los turcos. Esto desagradó profundamente a Carlos V, que se vengó con la invasión de Italia y el saqueo de Roma (1527), lo que obligó al papa a buscar refugio primero, por seis meses, en Castel Sant'Angelo, y luego en Orvieto y Viterbo. Al final no tuvo otra salida que firmar un acuerdo de paz con Carlos V, a quien coronó emperador en Bolonia (1530).

Aún existirían otros conflictos de Carlos V con otros papas. Por ejemplo, con Pablo III (1534-1549), a quien no secundó cuando, habiendo estallado una peste de tifus, decidió trasladar el concilio de Trento a Bolonia (1547) [31]. Carlos V no autorizó a sus súbditos a acudir a esta ciudad, con lo que tuvo que suspenderse el concilio (1549). El conflicto entre el emperador y el papa obedecía a una razón más: en el contencioso Carlos V-Francisco I, Pablo III permaneció neutral.

Julio III (1550-1555) —Giovanni Maria Ciocchi del Monte— fue elegido con la oposición de Carlos V y por prevalencia de la alianza entre cardenales franceses y los Farnese. A pesar de ello, no tuvo mayores conflictos con el emperador, con el que incluso llegó a un acuerdo para proseguir el concilio en Trento (1551), donde celebró varias sesiones: eso sí, boicoteado por los franceses, debido a la oposición de Enrique II (1547-1559). Políticamente, el papa trató de mostrarse neutral entre Francia y el imperio. Esta actitud despertó la desconfianza de ambas partes.

Marcelo II (1555) fue un papa de compromiso y transición, frente a las corrientes enfrentadas, más o menos en equilibrio, franco-españolas.

El cardenal Carafa —Pablo IV (1555-1559)—, en parte por su origen napolitano, a pesar de (o precisamente por) haber sido nuncio papal en España (1515-1520), era fanáticamente antiespañol. Fue elegido contra los deseos de Carlos V. Se alió con Francia en su guerra contra España. Era tal su visceralidad, que llegó a enfrentarse con María Estuardo, hasta el punto de que, prácticamente, con su conducta favoreció la victoria del protestantismo en Inglaterra.

El Rey Prudente y los papas

A causa del choque de intereses entre cardenales franceses y españoles, Pío IV (1559-1565) tardó cuatro meses en ser elegido. Lo había hecho de carde-

[31] Trento pertenecía al imperio y era la ciudad preferida por Carlos V. Bolonia estaba en el área de influencia del papa.

nal y también como papa siguió dando muestras de inclinación por los intereses del imperio. Mantuvo relaciones amistosas con Felipe II (1558-1564), con cuya ayuda pudo llevar a feliz término el concilio de Trento (1563).

No queda constancia de que Pío V (1566-1572) fuese elegido con oposición ni respaldo de Francia o España. (Sí con el del cardenal Carlos Borromeo, arzobispo de Milán). La admiración hacia él por parte del embajador de España en los Estados Pontificios se expresó en este claro juicio: «Es el papa que demandan las circunstancias». Tuvo choques frecuentes con Felipe II por el excesivo control que éste ejercía sobre la Iglesia en España. Si no llegaron a la ruptura fue gracias a la mano izquierda del nuncio Giambattista Castagna ante el emperador. Fruto de tales buenos oficios de Castagna fue la cristalización (Estados Pontificios-República de Venecia-Felipe II) de la liga antiturca con la que se ganó la batalla de Lepanto (7-10-1571).

Ugo Boncompagni (Gregorio XIII: 1572-1585) había sido nuncio en España y amigo de Felipe II, que patrocinó fuertemente su elección. Fue aliado del emperador en sus campañas contra la Reforma en los Países Bajos y en Inglaterra.

Sixto V (1585-1590) fue también aliado de Felipe II, y solidario (salvo buen fin) en sus campañas contra Inglaterra, aunque no cumplió sus promesas tras el desastre de la Armada Invencible (1588).

Antiguo nuncio en España con Felipe II, Giambattista Castagna debió en gran parte a ello su elección como Urbano VII (1590). Era un hombre de paz. Se quedó en promesa: se lo llevó la malaria a los doce días de su elección.

Gregorio XIV (1590-1591), otro papa efímero, fue elegido tras mil intrigas partidistas y una «brutal» intervención por parte del gobierno de su majestad el Rey Prudente. Fue filoespañol, porque ya lo era desde antes de su elección, pero apenas tuvo tiempo de concretar sus «buenas» disposiciones.

Inocencio IX (1591) fue aún más efímero. La actitud de Felipe II permaneció en la sombra, pero le era favorable. El nuevo papa estuvo del lado de Felipe II en su política antiprotestante y en contra de los franceses. Dividió en tres secciones la secretaría de Estado: una para los asuntos franceses y polacos; otra para Italia y España; y una tercera para los alemanes. Como se echa de ver, el mundo político-católico era muy reducidamente europeo.

Clemente VIII (1592-1605), antes Ippolito Aldobrandini. Sin ser el candidato de España, donde había sido nuncio papal, no caía mal, sino todo lo contrario, en la capital del imperio. Decepcionó luego, tratando de reducir el peso de España, hasta aquel momento más bien desproporcionado, en el sacro colegio de los cardenales.

León XI (1605) resultó elegido con la oposición de España y el apoyo de Francia. Sólo duró veinticinco días. Pablo V (1605-1621), papa de compromiso, buscó la equidistancia entre Francia y España.

Gregorio XV (1621-1623) tuvo poco que ver con una España en decadencia, salvo haber recibido el birrete de cardenal (1616) como agradecimiento por su mediación entre Carlos Manuel I de Saboya (1580-1630) y Felipe III de España (1598-1621).

Urbano VIII (1623-1644), antes Maffeo Barberini. Filofrancés y antiespañol. Consciente de las implicaciones de universal paternidad de su cargo, se esforzó por mostrarse neutral. Aparte de que la neutralidad pura es difícil, por lo general suele disgustar a todos.

Inocencio X (1644-1655), Giambattista Pamfili. Antiguo nuncio en Madrid, con motivo de la confrontación entre España y Francia le costó ocultar su predisposición favorable al imperio. También cuando en 1640 Portugal se independizó. Incluso en el levantamiento de Nápoles contra España (1647). En compensación, el pintor Diego Velázquez le dedicó un retrato que se conserva en la Galleria Doria, del que se dice que, cuando lo vio terminado, el propio pontífice soltó un casi enigmático *Troppo vero!* (¡Excesivamente auténtico!).

11
LA HISTORIA AÚN SIGUIÓ (¡Y SIGUE!)

Por supuesto: la historia de España no termina con las glorias y cenizas de los Austrias. Tampoco la de los papas termina con los nombres que quedan sembrados, con consciente pero inevitable desorden, en las páginas que preceden.

Papas ha habido (fácil: ¡ver lista!) casi una treintena más. En reyes, tras los Austrias, vinieron los Borbones, con sus complejidades y retorceduras, con su laicismo anticatólico y sus ribetes de masonería. En muchos casos dificultaron —en otros, menos— las relaciones de España, a través —pero no sólo— de los monarcas, con los papas. Aún siguió presionando España al papado a través de sus monarcas Borbones en temas de interés más o menos claramente sectario. Por ejemplo, en tiempos de Carlos III, a través de José Moñino, que se vio confiada la redacción de la bula de extinción de la Compañía de Jesús, promulgada por Clemente XIV (1773) [32]. Aún siguió disfrutando España y recurriendo a él, bajo los Borbones igual que había hecho bajo los Austrias, hasta que lo abolió Pío X mediante la constitución *Commissum nobis*, del derecho de veto a candidatos que no fueran de su agrado. Y por supuesto que aún siguió habiendo papas con evidentes manquedades, más evidentes por parte de unos, más latentes por parte de otros.

Los Borbones: además de monarcas escasamente brillantes, los altibajos de reinados fluctuantes, con reflejo en todos los campos (social, político, reli-

---

[32] Carlos III explicaba las razones de la elección de José para la redacción de tal documento en ser «buen regalista, prudente y de buen modo y trato; pero firme al mismo tiempo y muy persuadido de la necesidad de la extinción de los jesuitas, pues, como todo ha pasado por sus manos, ha visto cuán perjudiciales son y cuán indispensable es que se haga, y así creo que se desempeñará bien en su misión». En premio a sus gestiones, culminadas con el éxito que Carlos III apetecía, lo creó Conde de Floridablanca, bajo el que es más conocido.

gioso...). Como consecuencia de reyes escasamente brillantes, más preocupados de pasarlo ellos bien que de que el bienestar del pueblo progresara, y de reinados sumidos en frecuentes crisis, las a veces traumáticas soluciones republicanas, que tan poco llegaron a solucionar. Las guerras civiles, siempre crueles, una sobre todo. Y las dos dictaduras, peor y más larga la segunda que la anterior. Y ya, la democracia.

El papado romano como testigo, nunca del todo imparcial. Utilizado a veces, como consecuencia, en ocasiones, de informaciones sesgadas. En perjuicio, sin querer o queriendo, del prestigio del propio papado, de la propia religión, de la misma Iglesia. Con escándalo, desembocado en indiferencia o rechazo, de los adictos o «fieles».

Las relaciones Roma-Madrid (en símbolo) han seguido, entre alternancias. Con un Pío XI (¡y ya es correr!) que tuvo que enfrentarse con la casi disyuntiva entre los firmantes mayoritarios de una pastoral que se inclinó en favor del «levantamiento» y el testimonio de algunos hombres de la integridad de Vidal y Barraquer, por ejemplo. Y con un Pío XII al que le costó superar iniciales reticencias, heredadas de la época en que, al lado de un predecesor del que fuera secretario de Estado, había sido testigo de arranques de ira y de voluntad de condena, por sus atropellos, contra el fascismo de Mussolini, el nazismo de Hitler y el comunismo de Stalin.

Luego vino Juan XXIII, el papa querido por todos. Querido también desde aquí, pero menos. Había a quienes gustaba (o decían gustarles) más la gesticulación un tanto escénica de Eugenio Pacelli (dicho sea con el mayor respeto a una idiosincrasia de matriz profundamente religiosa) que la sencillez y capacidad de improvisación del campesino Angelo Giuseppe Roncalli que le sucedió. Y Pablo VI, querido por minorías disconformes con el *statu quo* político-religioso, rechazado por el prejuicio oficialista.

Juan Pablo II, por último. El papa que llegó de una Polonia que se pareció, en cliché, a otra España. La ha visitado en varias ocasiones. En una de ellas (otoño de 1982, cuando los socialistas acababan de ganar las elecciones por mayoría absoluta), con detenimiento y en puntos neurálgicos de la llamada «piel de toro»: Madrid-Ávila-Segovia-Valencia-Sevilla - Compostela - Asturias-Loyola-Javier-Barcelona... Un papa que, mejor aún que Pío XII y Pablo VI, habla una lengua- que comparten más de

300.000.000 de seres humanos: en su mayoría católicos, siquiera sea —es, más bien— de censo y documentación. Que también ha visitado todos, salvo dos o tres, los países de Iberoamérica.

¡Los papas del siglo XX, más un par de ellos —Pío IX y León XIII— de la segunda mitad del anterior! Demasiado tema para despacharlo en unas pocas páginas. Lo hay más que sobrante para otro ensayo.

Quién sabe...

12
ANTIPAPAS: REALIDAD Y PARADOJA A LA VEZ

Por resultar tan desbordante el tema en sí de los papas legítimos, parecería fuera de sitio dedicar un espacio, por breve que sea, también a los «antipapas». La realidad es, o parece, tan otra en su entidad, que justifica dedicar a éstos un apartado entero. A fin de cuentas, también los antipapas son/han sido protagonistas de una historia que, más allá de la naturaleza y fines de la institución de que aquí se trata, aparece envuelta, condicionada, ennoblecida y humillada por casi infinitas contingencias tan humanas que no tienen por qué impedir una admiración que para muchos millones de personas se ha elevado, eleva y seguirá elevando a la categoría trascendente de fe.

La vicisitud de cada papa, cuando menos las conocidas de cada uno de los 150-200 (del total de 265) que han tenido pontificados por encima de los —pongamos por hipótesis— dos años de duración, daría para un denso volumen. También, y acaso aún más por la complejidad jurídico-existencial de las biografías y circunstancias específicas, lo daría la de cada antipapa, de duración breve o larga. Lo cual significaría que, habiendo sido 36 (o 38, según diferentes cómputos)[33] los antipapas, son otros tantos volúmenes potenciales los que se reducen a estos párrafos apresurados, con

[33] Entre las listas cotejadas para este capítulo, las hay que cuentan con 36 y las hay que cuentan con 38 antipapas. Incluso con 39. La más presuntamente oficial y depurada (aunque no tan segura de sí misma, como se verá bajo este mismo apartado) del *Anuario pontificio* los «limita» a 36. Martin GRESCHAT y Elio GUERRIERO (en *Storia dei Papa*, págs. 969-976) contabilizan 38. Por su parte, F. MARTÍN HERNÁNDEZ, en GER (t. 17, págs. 758-759) incluye tres nombres más (Dióscuro, Juan XVI y Benedicto X), pero adopta una calificación algo distinta de los demás al hablar de «antipapas o papas dudosos». Por suerte, el hecho en sí mismo no constituye un dogma esencial de fe. Más bien es, para unos y otros, una más que legítima curiosidad histórica.

el consiguiente riesgo de inevitable superficialidad.

No es posible ocuparse de todos. Para empezar por alguno de ellos, nada más que como mera hipótesis de trabajo, se llama la atención del lector sobre el 28 de la lista total, Clemente VII (1378-1394). Sirve también no perder de vista al papa presuntamente legítimo con el que Clemente VII vivió «enfrentado».

Había concluido, por desgracia dejando secuelas, el período de la llamada «cautividad babilónica» de Aviñón. Muerto (1378) Gregorio XI, los cardenales se reunieron bajo la presión de los romanos, que exigían un papa de su ciudad, o por lo menos italiano.

Italiano, de Nápoles nada más, fue. Se llamaba Bartolomé Prignano. Era arzobispo de Bari. Escogió el nombre de Urbano VI (1378-1389).

A las condiciones un tanto anormales en que se había celebrado el conclave que lo eligió se unieron muy pronto las limitaciones temperamentales del elegido, que dejó aflorar en seguida su absoluta inadecuación para el cargo. Al darse cuenta del error, los cardenales pretendieron declarar nula la elección, alegando haberla llevado a cabo bajo la violencia y el miedo.

Para sustituirlo, ellos mismos eligieron a un cardenal suizo (Robert, de los Condes de Ginebra), que se llamó Clemente VII (1378-1394). Pero Urbano VI no renunció al papado. Con ello, en lugar de un papa, hubo dos simultáneamente. Ambos de tan dudosa legitimidad y su contrario que Gelmi afirma: «Hasta ahora se había tenido por papa legítimo a Urbano VI; habida cuenta de los nuevos estudios realizados, hoy como entonces no cabe resolver de modo tajante quién fue el verdadero papa» (o. c., 116). Por su parte, la lista de papas del *Anuario pontificio* (pág. 19*), la oficial por consiguiente, no alude mínimamente a duda alguna respecto a la legitimidad de Urbano VI.

El hecho dio lugar a un cisma (división en la Iglesia). Cada papa, real o presunto, excomulgó a su rival y a sus seguidores. Y como la comunidad cristiana estaba repartida entre seguidores del uno o del otro, la excomunión alcanzó a todos. Italia, Inglaterra y Hungría reconocían a Urbano. España, Francia, Escocia, Saboya y Nápoles reconocían a Clemente. Cardenales, órdenes religiosas y cabildos catedralicios estaban (mal) repartidos en sus fidelidades.

Expresión elocuente, a un tiempo, de buena fe e incertidumbre: santa Catalina de Siena creyó apasionadamente en la legitimidad de Urbano VI. El valenciano san Vicente Ferrer estaba tan convencido de la legitimidad de Clemente VII que llegó a afirmar ser indispensable reconocerla para la salvación eterna. Y aún más: se narra el caso de un obispo tan incierto sobre cuál entre dos papas pudiera ser el legítimo y cuál no, que sugería a sus sacerdotes la solución con que él mismo cumplía la obligación de rezar por sus superiores: empleando la fórmula «Por aquel que, ante Dios, sea el verdadero papa».

Un español entre los antipapas: el llamado papa Luna

Urbano VI falleció en Roma el 27 de marzo de 1389. Para sucederle, los cardenales que habían estado más o menos de su parte eligieron al napolitano Pietro Tomacelli, que optó por llamarse Bonifacio IX (1389-1404).

Clemente VII murió cinco años más tarde en Aviñón, adonde había huido en junio de 1379 y donde había establecido su residencia. También los cardenales fieles a él le eligieron a un sucesor en la persona del cardenal español Pedro de Luna, al que no se conoce menos con el despectivo «Papa Luna» (1394-1423).

Las dudas sobre su ilegitimidad son menores que las relativas a la de su predecesor. Mantuvo, eso sí, la promesa realizada al comienzo del conclave que lo eligió: luchar con todas sus fuerzas por la unidad de la Iglesia. Lo hizo con tal arrogancia y testarudez que Francia y Castilla, igual que la mayoría de los cardenales que le habían permanecido fieles, llegaron a retirarle su obediencia, con peligro de su propia seguridad en Aviñón, motivo por el cual huyó primero a Provenza y después a Peñíscola (Castellón), donde murió el 3 de mayo de 1423.

Aún habría otros cinco antipapas más, cuyo turno fue cerrado por Félix V (1439-1449). Dos de ellos fueron simultáneos del papa Luna: Alejandro V (1409-1410) y Juan XXIII (1410-1415)[34].

[34] Sorpresa para más de uno que ignore el hecho de un antipapa con el nombre de un papa —de apellido, Roncalli— de incuestionable y universal legitimidad afectiva. Paradojas de la historia, si no de la humildad del papa más entrañable del siglo XX, que no tuvo inconveniente en elegir el nombre de un antipapa del que se dijo había sido más hombre de armas y político que obispo, pero que, como obispo [de Túsculo], murió al fin, en 1419, tras haber sido depuesto bajo la acusación, orquestada por sus enemigos, de fomentar el cisma, practicar la simonía y mantener una conducta abominable.

Si bien la propia denominación de «antipapas» casi parece satanizar a quienes la «merecieron» o «soportan», parece ser que no todos ni en todos los casos tuvieron conciencia segura de estar usurpando una función que no les correspondía. Parece admisible, por lo menos para alguno de ellos, una cierta dosis de buena fe. Hasta se dio la paradoja, para el antipapa Félix II (355-365), de haber sido venerado como mártir romano, con festividad propia el 29 de julio.

En una rara mezcla de leyenda e historia, la vicisitud del tal Félix II, incluido en la lista de papas legítimos condicionando la numeración ordinal de los dos homónimos siguientes, ofrece rasgos curiosos.

Contemporáneo, en condición de archidiácono, del papa Liberio, cuando éste fue confinado en Berea de Tracia en el año 355 por el emperador arriano[35] Constancio, Félix se unió al clero romano para jurar que no reconocerían a nadie como obispo propio mientras Liberio viviese. Pero el reconocido fue él, elegido como obispo propio por un grupo de laicos y presbíteros romanos, aunque la mayoría siguieron fieles a Liberio.

Se establecieron dos bandos enfrentados entre sí: los fieles a Liberio, por una parte, y los adictos a Félix II, por otra. Hubo choques y, sobre todo, demandas al emperador para que consintiese el retorno de Liberio. El emperador accedió, poniendo como condición que Liberio y Félix pudiesen convivir como co-obispos. Los fieles al primero rehusaron tal intento de componenda rechazando a Félix al grito de «Un único Dios, un único Cristo, un único obispo».

La comunidad cristiana de Roma siguió dividida y enfrentada, con una mayoría de parte de Liberio, que fijó su sede en Letrán, y una fracción minoritaria pero no menos fanática fiel a Félix, que tuvo que fijar su sede en los suburbios. Sólo el fallecimiento de éste (22 de noviembre del 365) trajo una apariencia de paz, favorecida por el esfuerzo de Liberio por ganarse al pequeño grupo de clero y laicos que habían permanecido fieles a su rival.

La presunción de buena fe por parte de algunos «antipapas», así como la duda formal de si determinados papas fueron lo uno o lo otro, es decir, legítimos o ilegítimos, que es tanto como decir papas válidos o antipapas, alcanza a órganos

---

[35] El arrianismo negaba la divinidad de Jesucristo, afirmando que Jesús era *sólo* hijo adoptivo de Dios.

próximos a quien preside y encabeza la propia institución papal y encuentra expresión en un órgano tan oficial y autorizado de la Santa Sede como el *Anuario pontificio*.

En dicho mamotreto de 2364 páginas (11 × 17 cm), de obligada consulta para temas relacionados con el nomenclátor y estructura organizativa de la Iglesia católica romana, aparecen, entremezclados con los 364 papas legítimos (o supuestamente tales), los 36 real o supuestamente ilegítimos, unos y otros por riguroso orden cronológico.

Las dudas «vaticanas» —de poca entidad desde luego, pero dudas al fin— en torno al tema encuentran reflejo tan matizado como en notas a pie de página del siguiente tenor (respecto del papa León VIII: 963-965): «León VIII fue elegido en el concilio romano de San Pedro por el emperador Otón I tras la deposición, llevada a cabo el mismo 4 de diciembre del 963, de Juan XII, que murió el 14 de mayo siguiente. ¿Fue válida dicha deposición? Si de verdad lo fue, León VIII fue un papa legítimo. Nos encontramos aquí, igual que más tarde, a mediados del siglo XI, con elecciones respecto de las cuales, por la dificultad que hay de hacer coincidir los criterios históricos con los teológico-canónicos, resulta imposible establecer con claridad dónde se sitúa la legitimidad que, existiendo de hecho, garantiza la legítima continuidad entre los sucesores de san Pedro. Pero se deriva de esto una incerteza que ha aconsejado a prescindir, en la serie de los papas, del número progresivo» (*Anuario pontificio*, pág. 13*, nota 1).

En la misma página, y en la nota 2, se afirma una derivación histórico-teológica de la hipótesis anterior: «Si León VIII fue papa legítimo, fue antipapa Benedicto V, que fue depuesto en otro sínodo celebrado el 23 de mayo del 964 en Letrán por León VIII y por el emperador Otón I».

El tema, por lo que se ve, no resulta tan delimitado y neto como parecerían insinuar las etiquetas y los números. Papa legítimo o antipapa, 36 o 38 antipapas. Benedicto IX fue el papa de cronología «pontificia» más compleja de resumir. El *Anuario pontificio* reproduce por tres veces su nombre en la misma lista, alternándolo, entre la primera y segunda, con Silvestre III (1045), y, entre la segunda y tercera, con Gregorio VI (1045-1046) y Clemente II (1046-1047).

J. N. D. Kelly resuelve el «laberinto» con una expresión que no deja dudas, a pesar de lo complicado de una situación tan rara como única en dos mil años de historia de una institución: «Benedicto XI fue el único papa que ocupó el cargo, de manera efectiva en cada caso, en tres períodos distintos» (o. c., 143).

Dando por sentado el hecho de que, como a los pontífices de entonces y de después, a Benedicto IX le interesaban los aspectos económico-territoriales vinculados al cargo y que lo mismo les ocurría a los príncipes de «aquel» mundo que pactaban o se enfrentaban con él, se comprenden bastantes cosas. Por ejemplo, que a raíz de un enfrentamiento con Benedicto por parte de la familia de Crescencio, ésta lo depusiera por la fuerza y lograse hacer nombrar papa en su lugar a Giovanni di Sabina con el nombre de Silvestre III (1045), que sólo sobrevivió en el cargo cuarenta y ocho días (20 enero-10 marzo), al cabo de los cuales Benedicto recuperó el puesto del que había sido desposeído por la fuerza.

La nueva situación duró apenas dos meses escasos: 10 marzo-1 mayo: Benedicto IX abdicó en su ahijado Giovanni Graziano, que fue elegido con el nombre de Gregorio VI, no sin haber «indemnizado» generosamente a su padrino, aunque dispuesto el recién llegado a recuperar el desembolso mediante una «certera» gestión del cargo.

Pero la situación derivada, pese a que el papa dimitido se retiró a su finca de las afueras por un tiempo (que no llegó a los tres años: mayo 1045-noviembre 1047), experimentaría un tercer vuelco: de hecho volvió a ocupar por tercera vez el trono pontificio entre el 8 de noviembre de 1047 y el 17 de julio de 1048.

Esta extraña peripecia vivencial de Benedicto IX, que se llamara en civil Teofilacto de los Condes de Túsculo, «amenaza» razonablemente y a posteriori con aumentar en tres el número de los antipapas, con lo que la lista del *Anuario pontificio*, con todo su carisma de oficialidad y solvencia, llegaría a bordear los 40 antipapas. Léase, si no, la siguiente nota del citado mamotreto: «Si la triple remoción de Benedicto IX (en 1044 y 1046, cuando dejó el puesto a Gregorio VI y luego con motivo del sínodo —de Sutri— del mes de diciembre) no fue legítima, lo cual debería darse por seguro en lo referente a Silvestre III; este último, así como Gregorio VI y Clemente II, fueron antipapas» (o. c., pág. 15*, nota 1).

LISTA CRONOLÓGICA DE LOS ANTIPAPAS [36]

Hipólito (217-235)
(Calixto I-Urbano I-Ponciano)

Novaciano (251-258)
(Cornelio-Lucio-Esteban I)

Félix II (355-365)
(Liberio)

Ursino (366-367)
(Dámaso I)

Eulalio (418-419)
(Bonifacio I)

Lorenzo (498-505)
(Símaco)

Teodoro (687)
Pascual (687)
(Sergio I)

Constantino II (767-768)
Felipe (768)
(Esteban III)

---

[36] *Observaciones:* 1) Entre paréntesis y en cursiva, nombre del papa —o papas— legítimo durante el mismo período. La «cobertura» cronológica por el (o los) papa(s) legítimo(s) no siempre es simultánea, sobre todo en su duración. En algunos casos se alarga más que la del (o los) respectivo(s) antipapa(s). Pero también ocurre lo contrario.

2) En punto asimismo a cronologías, existen ligeras divergencias entre distintos autores (por ejemplo, entre Gelmi y Nelly). Dependen de la «entidad» concedida por unos y otros a ciertos «retornos» de antipapas. Tal es el caso, por ejemplo, de Honorio II, que fue antipapa (no el único) en dos períodos cronológicamente distintos.

3) No existe unanimidad en la calificación como «antipapas» por unos autores y otros (por ejemplo, Nelly califica de tal a Benedicto X [1058-1059]; Gelmi lo considera legítimo. Al margen de lo apuntado más arriba sobre Urbano VI y Clemente VII). De hecho, la lista de Nelly contabiliza dos antipapas más que la de Gelmi: 38 el primero, 36 el segundo. Aquí se adopta, por simple discrecionalidad «amotivacional», el criterio de Gelmi.

4) En algunos casos, un mismo papa lo fue en dos períodos distintos. El hecho se explica por lo «accidentado» de determinadas designaciones.

5) De la misma lista se deduce la existencia, en algunos casos, a veces consecutiva y otras simultánea, de más de un antipapa. (Entre 1159 y 1180, llegó a haber cuatro consecutivos: Víctor IV [1159-1164], Pascual III [1164-1168], Calixto III [1168-1178], Inocencio III [1178-1180]. Entre 1409 y 1410 hubo, primero, dos simultáneos, Gregorio XII [depuesto por el concilio general de Pisa, 1409] y Benedicto XIII [papa Luna], por lo que se habló de «dualidad perversa»; el 26 de junio [1409] fue elegido Pedro Philargi como Alejandro V sin que ninguno de los dos anteriores renunciase: se habló entonces de «trinidad maldita»).

Juan (844)
(Sergio II)

Anastasio (858)
(Nicolás I)

Cristóbal (903-904)
(León V)

Bonifacio VII (974)
(Benedicto VII)

Gregorio (1012)
(Benedicto VIII)

Honorio II (1061-1072)
(Alejandro II)

Clemente III (1084-1100)
(Víctor III-Urbano II)

Teodorico (1100-1102)
Alberto (1102)
Silvestre IV (1105-1111)
(Pascual II)

Gregorio VIII (1118-1121)
(Gelasio II-Calixto II)

Celestino II (1124)
(Honorio II)

Anacleto II (1130-1138)
Víctor IV (1138)
(Inocencio II)

Víctor IV (1159-1164)
Pascual III (1164-1168)
Calixto III (1168-1178)
Inocencio III (1178-1180)
(Alejandro III)

Nicolás V (1328-1330)
(Juan XXII)

Clemente VII (1378-1394)
(Urbano VI-Bonifacio IX)

Benedicto XIII (1394-1423)
(Bonifacio IX-Inocencio VII-Gregorio XII-Martín V)

Alejandro V (1409-1410)
Juan XXIII (1410-1415)
(Gregorio XII)

Clemente VII (1423-1429)
Benedicto XIV (1423-?)
(Martín V)

Félix V (1439-1449)
(Eugenio IV-Nicolás V)

LISTA CRONOLÓGICA DE LOS PAPAS

Lino (67-79)
Cleto (79-90)[37]
Clemente (90-99)
Evaristo (99-107)
Alejandro (107-116)
Sixto (116-125)
Telesforo (125-136)[38]
Higinio (136-140)
Pío (140-154)
Aniceto (154-166)
Sotero (166-174)
Eleuterio (174-189)
Víctor I (189-199)[39]
Ceferino (199-217)
Calixto (217-222)
Urbano I (222-230)
Ponciano (230-235)
Antero (235-236)
Fabián (236-250)
Cornelio (251-253)
Lucio I (253-254)
Esteban I (254-257)
Sixto II (257-258)
Dionisio (259-268)
Félix I (269-274)
Eutiquiano (275-283)
Cayo (283-296)

---

[37] Algunos autores sugieren como más correcta la grafía Anacleto, de raíz griega, que significa «irreprochable». Se le identifica, así, con la primera cualidad que, en su carta a Tito, sugiere Pablo como importante para un obispo: que ha de ser *irreprochable*, además de «no arrogante, ni iracundo, ni bebedor, ni violento, ni dado a ganancias sucias, sino hospitalario, amigo del bien, prudente, justo, piadoso, dueño de sí, apegado a la doctrina de la palabra fiel, para que sea capaz también de exhortar en la sana enseñanza y confundir a los contradictores» (cf. Tit 1,7-9).

[38] Narra la historia que este papa fue el que fijó la abstinencia de carnes en las siete semanas anteriores a la Pascua e introdujo el uso del *Gloria in excelsis* en la misa de medianoche de Navidad, uso que Símaco (498-514) extendió a las misas solemnes con participación del obispo.

[39] Primer obispo de Roma que aparece actuando con clara conciencia de sus atribuciones primaciales sobre otras Iglesias, con las que, en torno a algunos asuntos como la fecha de la Pascua y el adopcionismo (enseñaba que Jesús era un simple hombre, por cuanto distinguido y brillante, en tanto el Espíritu no descendió sobre él), aunque mostró tal energía que Ireneo de Lyón, sin dejar de reconocerle sus derechos en cuanto sucesor de Pedro, le reconvino sobre lo desproporcionado de su actitud frente a la entidad de los asuntos. Se dice que, a través de Marcia, una gobernanta cristiana del emperador Cómodo, Víctor I hizo llegar a éste una lista de esclavos cristianos condenados en las minas de Cerdeña, para los que obtuvo la libertad. Y que entre tales esclavos se encontraba Calixto, que sería su segundo sucesor.

Marcelino (296-304) [40]
Marcelo I (308-309)
Eusebio (309: 18-4/17-8)
Milcíades (311-314) [41]
Silvestre I (314-335) [42]
Marcos (336: 18-1/7-10)
Julio I (337-352)
Liberio (352-366)
Dámaso I (366-384)
Siricio (384-399)
Anastasio I (399-401)
Inocencio I (401-417)
Zósimo (417-418)
Bonifacio I (418-422)
Celestino I (422-432)
Sixto III (432-440)
León I (440-461) [43]
Hilario (461-468)
Simplicio (468-483)
Félix II (III) (483-492) [44]
Gelasio I (492-496)
Anastasio II (496-498)

---

[40] Sobre este papa se insinúa que, con motivo de la persecución de Diocleciano, llegó a sucumbir a la cobardía y rindió culto a los dioses paganos. No obstante, parece ser que se retractó de su gesto y fue ejecutado por orden del emperador, por lo que goza de la consideración de mártir de la fe.

[41] El *Anuario pontificio* (pág. 9*) admite Melquíades como correcta alternativa gráfica del nombre, en lo que coincide algún autor, por ejemplo F. Martín Hernández (en GER, t. 17, pág. 758) y J. N. D. Kelly. Éste, por su parte, duda de la etnia africana que atribuyen a dicho papa el citado órgano oficial bibliográfico vaticano, el *Liber pontificalis* y autores como Josef Gelmi.

[42] Primer papa que «disfrutó» durante más de veinte años, no tan para bien como hubiera podido esperarse, de la paz otorgada a la Iglesia por el emperador Constantino. La leyenda ha intentado rescatar la memoria de su papado, que parece fue de mediocre importancia. Se le atribuyó la conversión, bautismo y curación milagrosa del emperador Constantino, que a su vez habría correspondido a sus favores espirituales otorgando a la Iglesia la ciudad de Roma, Italia y Occidente. Dante Alighieri, en la *Divina comedia*, ironizó sobre la presunta donación y sobre su receptor: «¡Ay, Constantino! Semilla de corrupción sembró, no tu bautismo, sino el regalo de que disfrutó el primer padre rico».

[43] Dos episodios solemnes protagonizados por este papa siguen enalteciendo su memoria, el segundo de ellos inmortalizado en un cuadro de Rafael que se conserva en el Vaticano (estancia de Heliodoro). En el concilio de Calcedonia, convocado para debatir una importante herejía cristológica (el monofisismo, que afirmaba existir en Cristo una sola naturaleza, lo que equivalía a negar su divinidad), el enviado del obispo de Roma dio lectura pública a una «carta dogmática» de León I. La asamblea, puesta en pie, asintió a la doctrina pontificia con una declaración que suponía el pleno reconocimiento de su primacía: *Petrus per Leonem locutus est* (Pedro ha hablado por medio de León). El segundo episodio fue su valerosa salida al paso, cerca de Mantua y revestido de los sagrados ornamentos de su dignidad, del bárbaro Atila que, al frente de sus hunos, avanzaba en dirección de Roma tras haber sembrado el terror y conquistado el norte de Italia.

[44] El numeral entre paréntesis corresponde a cronologías que «acumulan» el segundo puesto en las listas papales, ocupado por un Félix II (365) que en realidad tiene calificación de «antipapa». Ocurre lo mismo para Félix III (IV) (526-530).

Símaco (498-514)
Hormisdas (514-523)
Juan I (523-526)
Félix III (IV) (526-530)
Dióscuro (530: 22-9/14-10)[45]
Bonifacio II (530-532)[46]
Juan II (533-535)
Agapito I (535-536)
Silverio (536-537)
Vigilio (537-555)[47]
Pelagio I (556-561)[48]
Juan III (561-574)
Benedicto I (575-579)[49]
Pelagio II (579-590)
Gregorio I (590-604)
Sabiniano (604-606)
Bonifacio III
(607: 19-2/12-11)
Bonifacio IV (608-615)
Adeodato I (615-618)[50]
Bonifacio V (619-625)
Honorio I (625-638)
Severino (640: 28-5/2-8)
Juan IV (640-642)
Teodoro I (642-649)
Martín I (649-653)[51]
Eugenio I (654-657)
Vitaliano (657-672)
Adeodato II (672-676)
Dono (676-678)

---

[45] Aun inclinándose por ella, el *Anuario pontificio* se cuestiona levemente la legitimidad de este papa (pág. 10*, n. 1).

[46] Bonifacio II prácticamente fue elegido a dedo por Félix IV en su lecho de muerte, llegando al punto de colocarle el palio sobre sus espaldas. Hubo un buen número de presbíteros que se mostraron en desacuerdo con tal designación y, por su cuenta, eligieron a Dióscoro, mientras la minoría rival ratificó formalmente la elección de Bonifacio. Se produjo un cisma que, por suerte, duró pocos días, ya que a los veintidós de su elección falleció Dióscuro. Los que estaban de su parte, tras dudarlo un poco inicialmente, se sometieron a Bonifacio II.

[47] La «ortodoxia oficial», expresada a través del *Anuario pontificio* (pág. 10*, n. 5), aclara, con respecto a este papa: «Impuesto por Belisario el 29 de marzo del 537, Vigilio se trocó en papa legítimo, tras la renuncia de san Silverio, mediante el reconocimiento por parte del clero romano, que subsanó el vicio de la elección».

[48] Sucesor de Vigilio y candidato del emperador Justiniano (527-565), acompañó a Pelagio I a lo largo de su pontificado el rechazo de la población y clero romanos, y el sospechoso rumor de su intervención en el linchamiento de que fue víctima su antecesor.

[49] Elegido el 2 de junio del 575, tuvo que aguardar casi once meses para tomar posesión y ser consagrado, ya que las dificultades de comunicación con Constantinopla impidieron una solícita ratificación imperial de la elección.

[50] De este papa, descrito en un epitafio compuesto por su segundo sucesor Honorio I como hombre sencillo, religioso, prudente y sagaz, y como amante de su clero, se narra que en el lecho de muerte redactó el primer testamento que se conoce de un papa en favor de sus sacerdotes: dejaba a cada uno de ellos lo equivalente al estipendio de un año.

[51] Este papa cometió el doble «crimen» de hacerse consagrar, nada más ser elegido, sin aguardar la ratificación imperial y, además, de condenar el monotelismo (herejía en parte derivada del monofisismo: afirmaba existir en Cristo una sola voluntad). El hecho le ganó la enemistad del emperador, que lo hizo apresar por medio de su exarca, para que fuera conducido a Constantinopla, desde donde, en el 653, lo hizo deportar a Crimea. Allí murió, olvidado de todos, en el año 655.

Agatón (678-681)
León II (682-683)[52]
Benedicto II (684-685)
Juan V (685-686)
Conón (686-687)
Sergio I (687-701)
Juan VI (701-705)
Juan VII (705-707)
Sisinio (708: 15-1/4-2)
Constantino I (708-715)[53]
Gregorio II (715-731)
Gregorio III (731-741)
Zacarías (741-752)
Esteban II (752-757)[54]
Pablo I (757-767)
Esteban III (768-772)
Adriano I (772-795)
León III (795-816)
Esteban IV (816-817)
Pascual I (817-824)
Eugenio I (824-827)
Valentín (827: agosto-septiembre)[55]
Gregorio IV (827-844)
Sergio II (844-847)
León IV (847-855)
Benedicto III (855-858)
Nicolás I (858-867)
Adriano II (867-872)
Juan VIII (872-882)
Marino I (882-884)
Adriano III (884-885)
Esteban V (885-891)
Formoso (891-896)

---

[52] Elegido para suceder a Agatón a comienzos del 681, hubo de aguardar dieciocho meses la ratificación el emperador Constantino IV. Los portadores de la notificación de la muerte de Agatón y la elección de su sucesor tardaron tres meses en llegar a Constantinopla. Por otra parte, el emperador quiso ver terminado un concilio general en curso antes de contestar a los mensajes recibidos de Roma. No obstante, entre ambos, León II y Constantino IV, existió una colaboración mutua, con respeto por parte de cada uno de las atribuciones del otro. El *Liber pontificalis*, antología de biografías papales que comprenden desde san Pedro hasta Pío II (1464), destaca su amor por los pobres y sus esfuerzos para aliviar sus penurias.

[53] Este papa (de origen sirio, igual que su predecesor Sisinio) fue el último en cumplir un gesto de deferencia hacia Bizancio, desplazándose a Constantinopla (711) para firmar un tratado de paz con Justiniano II. Con aquel acto terminaba la «cautividad bizantina» del papado. El siguiente viaje de un romano pontífice a la ciudad del Bósforo sería de muy otra naturaleza e intenciones: el llevado a cabo por Pablo VI el 25-26 de julio de 1967 para celebrar su segundo encuentro con el patriarca ecuménico Atenágoras. (El primero se había verificado el 5 de enero de 1964, con motivo de la peregrinación de ambos a Tierra Santa, donde habían decidido celebrar un encuentro).

[54] El *Anuario pontificio* (pág. 11*, n. 3) aclara que, tras la muerte de Zacarías, fue elegido papa un presbítero romano llamado Esteban. Sólo que, por haber fallecido, según algunos a los cuatro días y según otros el día mismo de la elección, antes de ser consagrado, su nombre no quedó consignado en el texto oficial del llamado *Liber pontificalis* ni en otros catálogos de papas. Tal puede ser la razón de que este Esteban lleve, en el *Anuario pontificio*, el ordinal II y, entre paréntesis, el III. La circunstancia afecta asimismo a los otros papas del mismo nombre.

[55] En todos los casos —como éste— en que se citan meses sin el día preciso de elección y muerte (deposición o renuncia) de un pontífice romano, es que no hay constancia de la fecha exacta en las cronologías papales que existen.

Bonifacio VI (896) [56]
Esteban VI (896-897)
Romano (897: agosto-noviembre)
Teodoro II (897: diciembre)
Juan IX (898-900)
Benedicto IV (900-903)
León V (903: julio-septiembre)
Sergio III (904-911)
Anastasio III (911-913)
Landón (913-914)
Juan X (914-928)
León VI (928: mayo-diciembre)
Esteban VII (928-931)
Juan XI (931-935)
León VII (936-939)
Esteban VIII (939-942)
Marino II (942-946)
Agapito (946-955)
Juan XII (955-964) [57]
León VIII (963-965)
Benedicto V (964)
Juan XIII (965-972)
Benedicto VI (973-974)
Benedicto VII (974-983)
Juan XIV (983-984) [58]
Bonifacio VII (984-985)

---

[56] Las cronologías papales aluden, sin mayor precisión en este caso, a dos semanas, comprendidas entre abril y mayo.

[57] Hijo bastardo de Alberico II, fue predestinado por el padre para sucesor de Agapito II tras su muerte. En efecto, con apenas dieciocho años, resultó elegido en virtud del compromiso contraído por los nobles romanos con su padre moribundo. Con tales precedentes no podía ser, ni fue, un papa digno. Fue más bien un hombre de conducta libertina, que se preocupó especialmente de los intereses materiales vinculados al cargo sagrado, aunque tampoco fue capaz de defenderlos muy bien. Llegó a ser depuesto por instigación del emperador Otón I, que hizo elegir en su lugar a León VIII, pero pudo reocupar el trono papal hasta su muerte, consecuencia de un ataque cardíaco que se asegura le sobrevino, siendo todavía muy joven, mientras yacía con una mujer casada.

[58] Tras el nombre de este papa, el *Anuario pontificio* sitúa una nota enrevesada que no gana claridad en la traducción —está en italiano—, pero que exige ser traducida por tratarse del nombre más empleado por los papas: la diafanidad del que lo empleó como... vigesimo tercero bien merece una aclaración respecto de los que, de manera más o menos «ordinalmente» confusa, lo precedieron en el empleo de dicho nombre. La nota dice así: «Puesto que, desde finales del siglo XII, catálogos de papas y compilaciones históricas cometieron la equivocación de dividir entre dos papas de nombre Juan el pontificado de Juan XIV (983-984), y de incluir posteriormente en la serie de los pontífices legítimos al número ordinal XVII para los del mismo nombre, que en cambio, como XVI, corresponde a un antipapa (Juan Filagato: 997-998), ocurrió que ésta contaba con *dos* papas Juan más de los reales; de esta suerte, a Romano, de los condes de Túsculo, que fue elegido el año 1024 asumiendo el nombre de Juan y hubiera debido llevar, como llevó de hecho, el ordinal XVIII, le correspondió, en la literatura mencionada más arriba, el número XX, prolongado luego con el XXI (año 1276), con el XXII (año 1316), y debían ser XIX y XX, y luego con el XXIII del antipapa Baltasar Cossa (año 1410). Con tales equivocaciones, y según se adopte uno o dos, se explica la extraña nomenclatura de cronologías que, como es el caso de la que existe en la basílica de San Pablo Extramuros, aluden a «Juan XVI o XVII», «Juan XVII o XVIII», «Juan XVIII o XIX o XX», etc. (o. c., pág. 14*, n. 2).

Juan XV (985-996)
Gregorio V (996-999)
Silvestre II (999-1003)
Juan XVII (1003)
Juan XVIII (1003-1009)
Sergio IV (1009-1012)
Benedicto VIII (1012-1024)
Juan XIX (1024-1032)
Benedicto IX (1032-1045)
Silvestre III (1025)
Gregorio VI (1045-1046)
Clemente II (1046-1047)
Dámaso II (1048)
León IX (1049-1054)
Víctor II (1055-1057)
Esteban IX (1057-1058)
Benedicto X (1058-1059)
Nicolás II (1059-1061)
Alejandro II (1061-1073)
Gregorio VII (1073-1085)
Víctor III (1086-1087)
Urbano II (1088-1099) [59]
Pascual II (1099-1118)
Gelasio II (1118-1119) [60]
Calixto II (1119-1124)
Honorio II (1124-1130)
Inocencio II (1130-1143)
Celestino II (1143-1144)
Lucio II (1144-1145)
Eugenio III (1145-1153)
Anastasio IV (1153-1154)
Adriano IV (1154-1159)
Alejandro III (1159-1181) [61]
Lucio III (1181-1185)
Urbano III (1185-1187)
Gregorio VIII (1187)
Clemente III (1187-1191)
Celestino III (1191-1198)
Inocencio III (1198-1216) [62]
Honorio III (1216-1227) [63]
Gregorio IX (1227-1241) [64]

---

[59] Potenció y organizó la estructura central de la Iglesia, y fue el primero que en un documento oficial empleó una expresión irremplazable para definir una realidad sólida y compleja: *Curia romana.*

[60] Gelasio II vio cruzarse en su vida a un enemigo implacable en un miembro de la familia patricia de los Frangipani, Cencio, que lo persiguió por doquier, hasta el punto de que tuvo que huir de Roma por Génova y Marsella, hasta ir a parar al monasterio de Cluny, en la Borgoña, donde murió y fue enterrado (29 de enero de 1119).

[61] En el agitado pontificado de Alejandro III se produjo un hecho importante para la elección futura de los papas: promulgó un decreto exigiendo los dos tercios del total de los votos cardenalicios para la validez de la elección. La medida resultó positiva para evitar la proliferación, hasta entonces frecuente, de antipapas. Pero su pontificado se había inaugurado con un episodio público vergonzoso, coprotagonizado por un rival suyo, elegido por una minoría: en el momento de revestirse con la capa pluvial, hubo entre ambos un forcejeo que terminó con la capa hecha añicos. Este mismo papa defendió a Tomás Becket, arzobispo de Canterbury (1162-1170), contra Enrique II, que lo haría ejecutar.

[62] Este papa encargó al español Domingo de Guzmán (1170-1221), fundador más tarde de la Orden de predicadores, de contrarrestar la divulgación de la herejía albigense, brotada en el sur de Francia.

[63] Este papa aprobó a los dominicos (1216), a los franciscanos (1217) y a los carmelitas (1226), y promovió el desarrollo de los terciarios asociados a estas órdenes.

[64] Se asegura de este papa que era «dominante, enérgico, hiperactivo, pero también de una intensa religiosidad y que sintonizaba con los movimientos religiosos de su época». Fue amigo de Domingo de Guzmán (1170-1221) y aún más de Francisco de

Celestino IV (1241)
Inocencio IV (1243-1254)
Alejandro IV (1254-1261)
Urbano IV (1261-1264)
Clemente IV (1265-1268)
Gregorio X (1271-1276)
Inocencio V (1276)[65]
Adriano V (1276)
Juan XXI (1276-1277)
Nicolás III (1277-1280)
Martín IV (1280-1285)
Honorio IV (1285-1287)
Nicolás IV (1288-1292)
Celestino V (1294)
Bonifacio VIII (1294-1303)
Benedicto IX (1303-1304)
Clemente V (1305-1314)
Juan XXII (1316-1334)
Benedicto XII (1334-1342)[66]
Clemente VI (1342-1352)
Inocencio VI (1352-1362)
Urbano V (1362-1370)
Gregorio XI (1370-1378)
Urbano VI (1378-1389)
Bonifacio IX (1389-1404)
Inocencio VII (1404-1406)
Gregorio XII (1406-1415)
Martín V (1417-1431)
Eugenio IV (1431-1447)
Nicolás V (1447-1455)
Calixto III (1455-1458)
Pío II (1458-1464)
Pablo II (1464-1471)[67]
Sixto IV (1471-1484)[68]
Inocencio VIII (1484-1492)
Alejandro VI (1492-1503)[69]
Pío III (1503)
Julio II (1503-1513)
León X (1513-1521)
Adriano VI (1522-1523)
Clemente VII (1523-1534)
Pablo III (1534-1549)[70]

Asís (1181-1226). Él mismo canonizaría a ambos en un plazo relativamente rápido: al fundador de los franciscanos, en 1228; al de los dominicos, en 1234.

[65] De origen saboyardo, llamado Pierre de Tarantaise, Inocencio V fue el primer papa dominico. Quiso seguir vistiendo el hábito blanco, como el de la orden de predicadores, de la que procedía. De ahí arranca la costumbre, que sigue vigente por parte de los papas, de vestir hábito blanco.

[66] Fue uno de los papas del nada feliz período de Aviñón, circunstancia que no prejuzgó su calidad moral. Era tan sencillo en su vida que normalmente vestía el mismo hábito que llevara como monje cisterciense. Y en una época en que el nepotismo estaba y había estado muy arraigado, él se mantuvo completamente indemne. Sólo dio muestras de una comprensible parcialidad hacia la orden monacal donde había empezado su vida eclesiástica.

[67] Este papa promulgó un documento que sigue sustancialmente en vigor: mediante la bula *Ineffabilis providentia* fijó en veinticinco el ciclo de los años jubilares (en determinadas condiciones, la principal de las cuales es la peregrinación a Roma, se obtiene el perdón de los pecados). A Pablo II se debe el *palazzo Venezia*, situado en la romana plaza homónima.

[68] Este papa hizo construir la Capilla Sixtina y las iglesias de Santa Maria del Popolo, Santa Maria della Pace y el Ospedale di Santo Spirito.

[69] Para el *Anuario pontificio* este papa español, de nada feliz recuerdo, no debería considerarse VI sino V, clasificando como antipapa al presunto Alejandro V, elegido irregularmente, en un momento de general confusión del papado y de la catolicidad, por el concilio de Pisa (marzo 1409). Quinto o sexto, la verdad, tal «accidente» no hubiera servido en absoluto para limpiar la memoria de un papa entre los más indignos de la historia.

[70] La prolongada (quince años y un mes) biografía pontificia de este papa registra, junto a algunas vistosas sombras, un

Julio III (1550-1555)
Marcelo II (1555)
Pablo IV (1555-1559)[71]
Pío IV (1559-1565)
Pío V (1566-1572)[72]
Gregorio XIII (1572-1585)[73]
Sixto V (1585-1590)[74]
Urbano VII (1590)

---

buen número de logros en el campo de la reforma. Entre las sombras se destaca el favoritismo caracterizante de los Farnese: en su caso, hacia sus hijos Pierluigi y Costanza, habidos de una unión ilegítima previa a la recepción de las órdenes mayores, y hacia sus nietos Alejandro y Octavio, a quienes enriqueció con obispados, abadías y prioratos. Pero a la hora del juicio histórico pesan más los hechos positivos: la designación de un buen número de cardenales elegidos con fuerte sentido eclesial; el establecimiento de un organismo curial que derivaría en el Santo Oficio, para velar por el mantenimiento de la pureza de la fe (cosa bien distinta es que, con el tiempo, se excediese en sus atribuciones e instrumentos represores); la potenciación de las congregaciones religiosas de fundación reciente (capuchinos, ursulinas, barnabitas); la aprobación (1540) de la Compañía de Jesús. Sobre todo, la convocatoria, inauguración y primera sesión del concilio de Trento: tomaron parte en ella cuatro cardenales en representación del papa (Reginald Pole, Del Monte, Marcello Cervini y Cristoforo Madruzzo), cinco arzobispos, veintiún obispos, cinco superiores generales de órdenes religiosas y tres representantes del emperador Carlos V. Como buen Farnese, y en el campo de las artes, encargó a Miguel Ángel la terminación de los frescos de la Capilla Sixtina (*Juicio final*, 1541) y la dirección de las obras de la basílica de San Pedro.

[71] Este papa introdujo en la Iglesia (1557) el Índice de los libros prohibidos.

[72] Este papa era tan religioso que celebraba la misa diariamente, cosa por entonces desacostumbrada. Y era tan austero en la comida que había amenazado de excomunión a su cocinero si, en días de abstinencia, se atreviese a añadir a la comida algún ingrediente prohibido. Exigía a los demás ser tan austeros como él. Durante su pontificado aumentó el rigor de los procesos inquisitoriales. Su deseo hubiera sido poder trocar la ciudad de Roma en un monasterio.

[73] Gregorio XIII fue un gran protector de los jesuitas, a los que ayudó en el reconocimiento de la que sería conocida como Universidad Gregoriana y en la terminación de la iglesia del *Gesù*. Aprobó también el Oratorio, fundado por san Felipe Neri, y la reforma por Teresa de Ávila de las Carmelitas Descalzas. Por el contrario, su sucesor Sixto V, franciscano él antes de ser papa y pariente de franciscanos, se volcó mucho con éstos y se mostró escasamente generoso con la orden de Ignacio de Loyola, que contaría con otros «enemigos» entre los papas, sobre todo por parte de Clemente XIV (1769-1774), el papa que, mediante el breve pontificio *Dominus ac Redemptor noster* (21-7-1773), decretó la supresión de la Compañía de Jesús e hizo encarcelar en Castel Sant'Angelo al prepósito general Lorenzo Ricci († 1775). Paradójicamente, la Compañía sobrevivió gracias a Federico II de Prusia y Catalina II de Rusia, que prohibieron la publicación en sus dominios del decreto papal. En 1801, Pío VII volvió a aprobar la orden ignaciana.

[74] Sixto V, que fue un gran papa, fijó en 70 el tope máximo de los cardenales. Sólo Juan XXIII, trescientos setenta y dos años más tarde, «reventó» dicho tope. Fue asimismo Sixto V el que estableció la norma de la llamada *visita ad limina*, que obliga a los

Gregorio XIV (1590-1591)
Inocencio IX (1591)
Clemente VIII (1592-1605)
León XI (1605)
Pablo V (1605-1621)[75]
Gregorio XV (1621-1623)
Urbano VIII (1623-1644)[76]
Inocencio X (1644-1655)
Alejandro VII (1655-1667)
Clemente IX (1667-1669)
Clemente X (1670-1676)
Inocencio XI (1676-1689)
Alejandro VIII (1689-1691)
Inocencio XII (1691-1700)
Clemente XI (1700-1721)[77]
Inocencio XIII (1721-1724)
Benedicto XIII (1724-1730)[78]
Clemente XII (1730-1740)[79]
Benedicto XIV (1740-1758)
Clemente XIII (1758-1769)
Clemente XIV (1769-1774)
Pío VI (1775-1799)
Pío VII (1800-1823)[80]
León XII (1823-1829)

---

obispos a ir a Roma cada cinco años para informar al papa sobre la situación de sus diócesis.

[75] Este papa (Camillo Borghese) mandó construir la *villa Borghese* de Roma. Beatificó (1613) a Ignacio de Loyola (1491-1556), Francisco Javier (1506-1552), Felipe Neri (1515-1595) y Teresa de Ávila (1515-1582), a los que canonizó (1622) Gregorio XV.

[76] Durante el pontificado de Urbano VIII se produjo (1633) la tortura y condena de Galileo Galilei.

[77] Se han tejido grandes elogios sobre la ejemplaridad de vida de este papa. Gelmi ha escrito que «la alegría de su carácter, su vida intachable y la extraordinaria generosidad para con los pobres hicieron de él un papa querido por los de arriba y los de abajo» (o. c., 171).

[78] Procedente de la familia de los Orsini, que ya había dado a la Iglesia dos papas —Celestino III (1191-1198) y Nicolás III (1277-1280)—, era dominico, cardenal y arzobispo de Benevento al ser elegido. También de papa llevó vida muy austera, negándose a habitar en las suntuosas moradas papales. Vivió en una especie de celda monacal construida expresamente. Canonizó a Luis Gonzaga, Estanislao de Kostka y Juan Nepomuceno, y al carmelita español Juan de la Cruz. La mayor, casi única, sombra de su pontificado fue haber mantenido a su lado a Niccolò Coscia, elevándolo al cardenalato y confiándole poderes que éste administró mal, hasta el punto de granjearse la oposición del pueblo por sus desmanes.

[79] Elegido papa a la edad de 79 años, aún pudo llevar a cabo un cierto número de iniciativas en los diez que sobrevivió a su elección. Una de ellas fue someter a proceso al favorito de su predecesor, Coscia, que fue condenado a diez años de reclusión en el castillo de Sant'Angelo y a la privación de cuanto había adquirido de manera indebida. A este papa se debe la construcción de la *Fontana di Trevi* y de la fachada principal de la basílica de San Juan de Letrán.

[80] Este papa encontró en su camino el obstáculo del emperador Napoleón, que ya había obligado a su predecesor a morir en el exilio de Valence (29 de agosto de 1799) y que llegó a tratar al pontífice romano como si fuese un súbdito del que se pudiera servir según sus intereses. Hizo que se trasladara por la fuerza a París, pero tropezó con la decisión del pontífice y la oposición de los romanos, que lograron, una vez que empezaron a irle peor las cosas a Napoleón tras la campaña de Rusia y la derrota de Leipzig, que Pío VII pudiese regresar de nuevo a Italia.

Pío VIII (1829-1830)
Gregorio XVI (1831-1846)
Pío IX (1846-1878)
León XIII (1878-1913)
Pío X (1903-1914)
Benedicto XV (1914-1922)
Pío XI (1922-1939)
Pío XII (1939-1958)[81]
Juan XXIII (1958-1963)
Pablo VI (1963-1978)[82]
Juan Pablo I (1978)
Juan Pablo II (1978-...) 2006)
BENEDICTO XVI 2006-

[81] Además de nuncio apostólico en Alemania, Eugenio Pacelli había sido él mismo secretario de Estado de su predecesor. Cuando fue elegido en 1939, nombró para este cargo al cardenal Luigi Maglione, que lo fue, sin particular brillo, hasta su muerte en 1944. Desde entonces Pío XII prescindió de secretario de Estado, dando la impresión de querer ser «secretario de Estado de sí mismo». Pudo contar con un colaborador que, sin serlo por nombramiento, desarrolló con eficacia y discreción una tarea similar a la de secretario de Estado: Juan Bautista Montini. Pío XII llegaría a decir, no obstante, según escribió su también colaborador y biógrafo Doménico Tardini, que él «no necesitaba colaboradores sino ejecutores».

[82] Juan Bautista Montini (Pablo VI) ha sido uno de los papas más (injustamente) controvertidos de la historia reciente. Tras un aterrizaje casi accidental en una Roma que no le gustaba (hubiera preferido un ministerio sencillo en su diócesis de origen, Brescia), hubo de permanecer, por obediencia, durante treinta y cuatro años en la Ciudad Eterna, al servicio directo de dos grandes papas: Pío XI y Pío XII. Conoció desde dentro el entramado de la Curia romana, con sus posibilidades y sus «vicios», y disfrutó de la amistad de muchos, aunque también —hubo evidencias— del soterrado desacuerdo (si no incluso hostilidad) de algunos.

Antes de volver de nuevo a Roma como papa (junio de 1963) sucediendo a Juan XXIII, del que había sido amigo desde la juventud (él era dieciséis años más joven que Roncalli), admirador y colaborador suyo convencido y fiel, ocupó durante ocho años (1955-1963) la sede episcopal más importante (y no la más fácil) de la Iglesia: Milán. Fue elegido papa con el beneplácito de la mayoría de la opinión pública mundial y contra el prejuicio (político) del régimen franquista. A Pablo VI le correspondió pilotar a la Iglesia durante las dos sesiones finales del Vaticano II y moderar («sin prisa pero sin pausa», era su programa) la aplicación de sus conclusiones. Fue objeto de críticas contradictorias: unos lo acusaban de excesivamente abierto; otros, de demasiado moderado. Él supo acoger con humildad los reproches de unos y de otros y, sobre todo, respetar a las personas, casi —paradójicamente— más a los adversarios que a los amigos (aunque fue siempre profundamente fiel y sensible a la amistad). En justicia, su imagen se agiganta cada día más, a medida que pasan los años desde su muerte, ocurrida el 6 de agosto de 1978.

LISTA ALFABÉTICA DE LOS PAPAS

Adeodato I (615-618)
Adeodato II (672-676)
Adriano I (772-795)
Adriano II (867-872)
Adriano III (884-885)
Adriano IV (1154-1159)
Adriano V (1276)
Adriano VI (1522-1523)
Agapito (946-955)
Agapito I (535-536)
Agatón (678-681)
Alejandro I (107-116)
Alejandro II (1061-1073)
Alejandro III (1159-1181)
Alejandro IV (1254-1261)
Alejandro VI (1492-1503)
Alejandro VII (1655-1667)
Alejandro VIII (1689-1691)
Anastasio I (399-401)
Anastasio II (496-498)
Anastasio III (911-913)
Anastasio IV (1153-1154)
Aniceto (154-166)
Antero (235-236)

Benedicto I (575-579)
Benedicto II (684-685)
Benedicto III (855-858)
Benedicto IV (900-903)
Benedicto V (964)
Benedicto VI (973-974)
Benedicto VII (974-983)
Benedicto VIII (1012-1024)
Benedicto IX (1032-1045)
Benedicto X (1058-1059)
Benedicto XI (1303-1304)
Benedicto XII (1334-1342)
Benedicto XIII (1724-1730)
Benedicto XIV (1740-1758)
Benedicto XV (1914-1922)

Bonifacio I (418-422)
Bonifacio II (530-532)
Bonifacio III
(607: 19-2/12-11)
Bonifacio IV (608-615)
Bonifacio V (619-625)
Bonifacio V (619-625)
Bonifacio VI (896: 2 semanas)
Bonifacio VII (984-985)
Bonifacio VIII (1294-1303)
Bonifacio IX (1389-1404)

Calixto I (217-222)
Calixto II (1119-1124)
Calixto III (1455-1458)
Cayo (283-296)
Ceferino (199-217)
Celestino I (422-432)
Celestino II (1143-1144)
Celestino III (1191-1198)
Celestino IV (1241)
Celestino V (1294)
Clemente I (90-99)
Clemente II (1046-1047)
Clemente III (1187-1191)
Clemente IV (1265-1268)
Clemente V (1305-1314)
Clemente VI (1342-1352)
Clemente VII (1523-1534)
Clemente VIII (1592-1605)
Clemente IX (1667-1669)
Clemente X (1670-1676)
Clemente XI (1700-1721)
Clemente XII (1730-1740)
Clemente XIII (1758-1769)
Clemente XIV (1769-1774)
Cleto (79-90)
Conón (686-687)
Constantino I (708-715)
Cornelio (251-253)

Dámaso I (366-384)
Dámaso II (1048)
Dionisio (259-268)
Dióscuro (530: 22-9/14-10)
Dono (676-678)

Eleuterio (174-189)
Esteban I (254-257)
Esteban II (752-757)
Esteban III (768-772)
Esteban IV (816-817)
Esteban V (885-891)
Esteban VI (896-897)
Esteban VII (928-931)
Esteban VIII (939-942)
Esteban IX (1057-1058)
Eugenio I (654-657)
Eugenio II (824-827)
Eugenio III (1145-1153)
Eugenio IV (1431-1447)
Eusebio (309: 18-4/17-8)
Eutiquiano (275-283)
Evaristo (99-107)

Fabián (236-250)
Félix I (269-274)
Félix II (III) (483-492)
Félix III (IV) (526-530)
Formoso (891-896)

Gelasio I (492-496)
Gelasio II (1118-1119)
Gregorio I (590-604)
Gregorio II (715-731)
Gregorio III (731-741)
Gregorio IV (827-844)
Gregorio V (996-999)
Gregorio VI (1045-1046)
Gregorio VII (1073-1085)
Gregorio VIII (1187)
Gregorio IX (1227-1241)
Gregorio X (1271-1276)
Gregorio XI (1370-1378)
Gregorio XII (1406-1415)
Gregorio XIII (1572-1585)
Gregorio XIV (1590-1591)
Gregorio XV (1621-1623)
Gregorio XVI (1831-1846)

Higinio (136-140)
Hilario (461-468)
Honorio I (625-638)
Honorio II (1124-1130)
Honorio III (1216-1227)
Honorio IV (1285-1287)
Hormisdas (514-523)

Inocencio I (401-417)
Inocencio II (1130-1143)
Inocencio III (1198-1216)
Inocencio IV (1243-1254)
Inocencio V (1276)
Inocencio VI (1352-1362)
Inocencio VII (1404-1406)
Inocencio VIII (1484-1492)
Inocencio IX (1591)
Inocencio X (1644-1655)
Inocencio XI (1676-1689)
Inocencio XII (1691-1700)
Inocencio XIII (1721-1724)

Juan I (523-526)
Juan II (533-535)
Juan III (561-574)
Juan IV (640-642)
Juan V (685-686)
Juan VI (701-705)
Juan VII (705-707)
Juan VIII (872-882)
Juan IX (898-900)
Juan X (914-928)
Juan XI (931-935)
Juan XII (955-964)
Juan XIII (965-972)
Juan XIV (983-984)
Juan XV (985-996)
Juan XVII (1003)
Juan XVIII (1003-1009)
Juan XIX (1024-1032)
Juan XXI (1276-1277)
Juan XXII (1316-1334)
Juan XXIII (1958-1963)
Juan Pablo I (1978)
Juan Pablo II (1978-...)
Julio I (337-352)
Julio II (1503-1513)
Julio III (1550-1555)

Landón (913-914)
León I (440-461)

León II (682-683)
León III (795-816)
León IV (847-855)
León V (903: jul.-sept.)
León VI (928: mayo-dic.)
León VII (936-939)
León VIII (963-965)
León IX (1049-1054)
León X (1513-1521)
León XI (1605)
León XII (1823-1829)
León XIII (1878-1913)
Liberio (352-366)
Lino (aprox. 67-79)
Lucio I (253-254)
Lucio II (1144-1145)
Lucio III (1181-1185)

Marcelino (296-304)
Marcelo I (308-309)
Marcelo II (1555)
Marcos (336: 18-1/7-10)
Marino I (882-884)
Marino II (942-946)
Martín I (649-653)
Martín IV (1280-1285)
Martín V (1417-1431)
Milcíades (311-314)

Nicolás I (858-867)
Nicolás II (1059-1061)
Nicolás III (1277-1280)
Nicolás IV (1288-1292)
Nicolás V (1447-1455)

Pablo I (757-767)
Pablo II (1464-1471)
Pablo III (1534-1549)
Pablo IV (1555-1559)
Pablo V (1605-1621)
Pablo VI (1963-1978)
Pascual I (817-824)
Pascual II (1099-1118)
Pelagio I (556-561)
Pelagio II (579-590)
Pío I (140-154)
Pío II (1458-1464)
Pío III (1503)
Pío IV (1559-1565)
Pío V (1566-1572)
Pío VI (1775-1799)
Pío VII (1800-1823)
Pío VIII (1829-1830)
Pío IX (1846-1878)
Pío X (1903-1914)
Pío XI (1922-1939)
Pío XII (1939-1958)
Ponciano (230-235)

Romano (897: agosto-nov.)

Sabiniano (604-606)
Sergio I (687-701)
Sergio II (844-847)
Sergio III (904-911)
Sergio IV (1009-1012)
Severino (640: 28-5/2-8)
Silverio (536-537)
Silvestre I (314-335)
Silvestre II (999-1003)
Silvestre III (1025)
Símaco (498-514)
Simplicio (468-483)
Siricio (384-399)
Sisinio (708: 15-1/4-2)
Sixto I (116-125)
Sixto II (257-258)
Sixto III (432-440)
Sixto IV (1471-1484)
Sixto V (1585-1590)
Sotero (166-174)

Telesforo (125-136)
Teodoro I (642-649)
Teodoro II (897: diciembre)

Urbano I (222-230)
Urbano II (1088-1099)
Urbano III (1185-1187)
Urbano IV (1261-1264)
Urbano V (1362-1370)
Urbano VI (1378-1389)
Urbano VII (1590)
Urbano VIII (1623-1644)

Valentín (827: agosto-sept.)
Víctor I (189-199)
Víctor II (1055-1057)
Víctor III (1086-1087)
Vigilio (537-555)
Vitaliano (657-672)

Zacarías (741-752)
Zósimo (417-418)

NOTA BIBLIOGRÁFICA

Un trabajo como éste, a pesar de (o precisamente por) su carácter eminentemente divulgativo, no puede menos de ser deudor a otros de carácter más científico. No todos aparecen citados en el texto o a pie de página. Unos cuantos, aunque puedan aparecer en cita a lo largo del libro, reclaman serlo (y de buen grado lo son) en este frontispicio. Sin que el orden suponga preferencia de uso ni de estima, se citan:

Anuario pontificio, Libreria Editrice Vaticana, Città del Vaticano 1994.

La véritable histoire des Papes. Du royaume des cieux aux royaumes terrestres (La verdadera historia de los Papas. Del reino de los cielos a los reinos terrenales), por Jean MATHIEU-ROSAYS, Jacques Grancher Éditeur, Paris 1991.

Das Pappstum (El papado), VARIOS AUTORES, Verlag W. Kohlhammer, Stuttgart 1984-1985. (Por más fácil acceso lingüístico, en este caso se ha seguido la adaptación italiana: *Storia dei Papi*, bajo el cuidado de Martin Greschat y Elio Guerriero, San Paolo, Cinisello-Balsamo 1994).

Quale papa? (¿Qué clase de papa?), por Giancarlo ZIZOLA, Borla, Roma 1977.

The Oxford Dictionary of Popes (Diccionario Oxford de los papas), por J. N. D. KELLY, Oxford University Press, Oxford 1986.

Die Päpste in Lebenshilfen, por Josef GELMI, Verlag Styria, Graz-Köln 1983. (Por razones de mayor facilidad lingüística, se ha manejado la versión de Claudio Gancho —*Los papas: retratos y semblanzas*— para Herder, Barcelona 1986).

I Papi del XX secolo (Los papas del siglo XX), VARIOS AUTORES, Edizioni Paoline, Cinisello-Balsamo 1990.

The next Pope. An enquiry (El próximo papa: un interrogante), por Peter HEBBLETHWAITE, Fount, London 1995.

In the Vatican (En el Vaticano), por Peter HEBBLETHWAITE, Oxford University Press, Oxford 1987.

También se han consultado voces relacionadas con el tema en alguna enciclopedia temática, como la GER (Gran Enciclopedia Rialp), para las voces «Nepotismo», (págs. 745-746), de Miguel BATLLORI; «Papa: aspectos bíblicos», por A. TURRADO; «Aspectos canónicos», por Pedro A. PERLADO; y «Aspectos históricos», por F. MARTÍN HERNÁNDEZ.

En plano muy personal, el autor del informe quiere expresar su agradecimiento a quien le sugirió y facilitó parte de la bibliografía utilizada: Renato Perino.

COLECCIÓN FLASH

1. *Diccionario de términos científicos*
2. *La mitología clásica*
3. *La astronomía*
4. *El Islam*
5. *Los filósofos*
6. *Los test psicológicos*
7. *El budismo*
8. *La depresión*
9. *Diccionario de términos económicos*
10. *Iniciación a la economía*
11. *La Unión Europea hoy*
12. *El sueño y los sueños*
13. *El judaísmo*
14. *La gestión empresarial*
15. *Diccionario de términos filosóficos*
16. *La Bolsa*
17. *La ONU*
18. *Las monarquías europeas*
19. *El psicoanálisis*
20. *La ópera*
21. *Historia del cine español*
22. *Historia de la biología*
23. *Diccionario de términos jurídicos*
24. *La relajación*
25. *América Latina*
26. *Diccionario de informática*
27. *Los papas*
28. *La astrología*
29. *El colesterol*
30. *El sistema monetario internacional*
31. *La vejez*
32. *Los vascos*
33. *Historia del toreo*
34. *Las alergias*
35. *El ciclismo*
36. *Diccionario de ecología*
37. *El flamenco*
38. *Los templarios*
39. *Los Juegos Olímpicos*